愛され王子の異世界ほのぼの生活

Aisareoji no isekai honobono seikatsu

顔良し 才能あり 王族生まれ ガチャで全部そろって異世界へ

3

霜月雹花

Hyouka Shimotsuki

アキト
本作の主人公。
転生ガチャで大当たりを
引き当て、チート王子様として
生を受けた。憧れの
スローライフを送る
ために奮闘する。
アリス
アキトの婚約者。
優しい性格で、
アキトが大好き。
ライム
モンスターの
スライム。好きな
場所はアキトの
頭の上。
クロガネ
アキトがダンジョンで
戦う事になった
黒いオーガ。
アキトも認める
“強者”
主な登場人物
Charactars

リオン
孫のアキトが
大好きなお祖父さん。
王国に名を轟かす
最強の魔導士
でもある。
レオン
アキトの奴隷の中で、
最高クラスの
戦闘力を持つ奴隷。
クロネと結婚した。
クロネ
猫人族の獣人で、
元・暗殺者。
レオンと結婚した。
レオーネ
クロネとレオンの娘で、
半獣人。クロネと共に
レオンを尻に敷く。

第1話　領地復旧作業

誰からも愛される王子様に転生した俺、アキト。

何故《なぜ》そんなに愛されるかというと、転生後の能力を決める十連ガチャで、〝美形〟〝王家生まれ〟〝チートスキル持ち〟といった超レアな当たりばかりを引いたから。そんな環境に感謝しつつも、俺は目立たず異世界生活を楽しもうと思っていたんだけど……

周辺国から戦争を仕掛けられたり、妖精王《ようせいおう》の地獄《じごく》のような特訓を受けたり、何かと厄介事《やっかいごと》続きなんだよな。

そんな折、荒れ果てていたチルド村を大都市へと復興《ふっこう》させちゃったのもあって、その村を含むクローウェン領の領主になったんだ。

まあそれはむしろ良かったんだけど、そのお祝いにと執事のシャルルが大張り切り。凄《すさ》まじく豪《ごう》華《か》な城を建ててしまったのには、王である父さんもびっくりというか、唖然《あぜん》としていたよ。

のんびりスローライフするつもりだったのに……チートまみれの転生生活って意外と大変だ。

◇　◇　◇

領地に新しい居城《きょじょう》が完成して数日が経ち、俺は相変わらず忙しい毎日を送っている。

本来なら領地の事はシャルルに全て任せたかったんだけど、野放しにしたらまたぶっ飛んだ事をしそうなので一任するのはやめておいた。

というわけで、俺は朝から昼までは婚約者のアリスや家族と王都で過ごしつつも、昼からは領地の城で生活するようにしている。


領地のほうの城では今日も会議が開かれていた。

団体の代表が、話し合いでまとまった内容を俺に報告する。

「それでは、このように進めていきたいと思います」

「あぁ、頼むよ。困ったら俺の奴隷《どれい》に言ってくれ。直《す》ぐに向かうから、よろしく」

「はい！　本日はお時間をいただき、ありがとうございます！」

集まった面々は俺に挨拶《あいさつ》をして城から出ていった。

今日来た奴らもそうだが、城にやって来る者達は全員、六歳児である俺相手に、必死な顔でお伺《うかが》いを立ててくる。領主とはいえ大人達に舐《な》められてしまうのではないか、当初はそう心配していたが、実際にはそんな事はなかった。俺がチルド村を発展させたのが有名すぎるためか、皆、指示を素直に聞いてくれる。

「ここまで頑張ってきた甲斐《かい》があったな……」

そう呟《つぶや》くと、隣にいるシャルルが死にそうな声を出す。

「そうですね。アキト様……ところで、そろそろ私を許してはもらえないでしょうか？」

「駄目《だめ》だ。お前はしばらく反省をしておけ。ったく、よくよく調べたら、お前の元部下とはいえ、影《かげ》に相当無茶をさせてたみたいだな？」

諜報《ちょうほう》部隊〝影〟の現リーダーであるディルムによると、俺の城を建てる際、シャルルは元リーダーという地位を利用して無理難題を押しつけたという。

流石《さすが》に酷《ひど》すぎるだろ……そう思った俺は、影達の大半を休ませ、こうしてシャルルに罰《ばつ》を与えているというわけである。

ちなみにシャルルに与えている罰、それは魔力低下の効果がある毒を飲ませる事だ。

元々高魔力なシャルルは、魔力が低くなると、日常生活すらままならない……というか苦行《くぎょう》レベルになる。

俺は苦しむシャルルを見て、罰がしっかり利いているなと思いつつ声をかける。

「ところで、領地での仕事は思ったより順調に進んでるな。前領主がクソすぎたから、たとえ俺が領主を務めても反発する者は出てくるかと思ってたんだけど……」

「そ、そこは、アキト様の知名度が高いからではないでしょうか。影で活動していた際も感じていましたが、ジルニア国内は勿論《もちろん》、他国にまでアキト様の事は知れ渡っております」

「マジで？　いや、まあ色々とやってたから知名度はあると思っていたけど……」

「ア、アキト様の噂《うわさ》はその三割がチルド村の発展の事で、残り七割は〝戦闘狂《せんとうきょう》リオンよりも恐ろしい〟というもの。大会前までは比率が逆だったのですが、大会に情報屋が来ていたのか、一気に逆転したようです」

「……」

シャルルの言葉に、俺は大会でやりすぎた事を今更反省した。

大会というのは、俺が独自に開催したものなんだが、そこで暴れすぎて〝二代目戦闘狂〟、もとい〝戦神《せんしん》〟という通り名がついてしまったんだよな。でも、元々は俺を挑発してきたリオン爺《じい》ちゃんのせいで、俺は悪くないと思う。

俺はそう自分の中で言い訳すると、シャルルとの雑談をやめて仕事を再開する。

その後、資料の確認やらを進めていると、俺の奴隷の中で最強クラスの戦闘力を誇《ほこ》る、レオンが部屋にやって来た。

「どうした、レオン？」

「アキトに言われていた情報を持ってきたんだよ。忘れてたのか？」

……ああ、そういえばそうだったな。

レオンは元暗殺者の奴隷・クロネと結婚したあと、すっかり幸せボケしていて目障《めざわ》りだったから、基本的に影の仕事である情報集めをやらせていたんだった。

「すまんすまん。それで、しっかりと集めてきたんだよな？」

「当たり前だろ？　……ところで、シャルルはなんで顔が死んでるんだ？」

シャルルを見て不思議そうな顔をするレオンに、俺は説明してやる。

「お仕置き中だよ。レオンにも前やっただろ？　魔力が低下する毒を与えてるんだ」

「ゲッ。アキト、まだあの毒を持ってたのか!?　あの時使いきったって……」

「もう一度作ったんだよ。あれは俺が調合したんだぞ？　補充できるに決まってるだろ？」

お仕置きアイテムのほとんどは、俺自らが作っているため、ストック切れになる事はまずない。

最近、レオンが俺に対して舐めてかかってきてるように感じていたが……もしかしてお仕置きアイテムがなくなったと思い込んでいたせいなのか？

俺はレオンを睨《にら》みつけるようにして言う。

「残念だったな、レオン」

「ざ、材料はどうしたんだ？　俺もクロネも採りに行ってないだろ？」

「あぁ、お前らが新婚生活を楽しんでる時に、集めさせたんだよ……そこで苦しんでるシャルルにな！」

「ッ！　お前、なんて事を！」

レオンはそう言うと、へばっているシャルルの襟《えり》を掴み、グラグラと遠慮なく揺らした。

やはりこいつ、舐めてかかっていたんだな。

「そういや、レオン。最近の俺への態度だが――」

「おっと、アキトから頼まれていた用事がまだ残っていた！　直ぐに行ってくる！」

俺が言い終わる前に、転移魔法で部屋から消えるレオン。

くそっ、逃げ足だけは速いんだから。


レオンがいなくなった後、俺は直ぐに仕事を再開した。

何故俺がここまで仕事を頑張っているのかというと、クローウェン領が現状、すっかり荒れ果てているから。

影や父さん達から話には聞いていたが、実際に目にしてみると酷《ひど》い有様《ありさま》だった。

復旧を急ぐべき場所には早めに奴隷を派遣していて、多少改善はした。だが、それでも全ての街や村までは見られていない。

「……やっぱり、奴隷を全部駆り出すしかないかな」

国内外に散らばっている奴隷を集め、クローウェン領の復興に使おうかとも考えている。しかし、各地の奴隷達にはとある重要な仕事も果たしてもらっているんだよな。

それは、各国の情報を集める事だ。

奴隷全部をクローウェン領に集めたら、収集している情報がストップしてしまう。俺の国、ジルニアは大国で、魔帝国《まていこく》・神聖国《しんせいこく》を配下《はいか》にしているとはいえ、狙ってくる国もあるだろう。俺としては情報収集は続けていきたいんだが……

悩んでいると、シャルルが提案してくる。

「アキト様、各地にて表《おもて》で行動させている奴隷だけを集めて復興に当たらせ、影には引き続き情報収集を任せるのは駄目なのでしょうか？」

「それをする事はできるんだよ。ただ、それでも集まる情報は確実に少なくなってしまうからな～」

「そうですか。でしたら、アキト様が奴隷のように扱っている魔帝国と神聖国から人を派遣させるのはいかがでしょうか？」

「いや、それは駄目だろ。一応相手は国なんだから」

シャルルの提案に、無理だと答えようとしたところだが、すぐに心の中で「あれ良くね？」と思い直す。

今まで、魔帝国の皇帝すら顎《あご》で使ってきたのに、なんで自領の復旧に人手を借りないって頭でいたんだろう？　借りればいいいじゃん！

「よし、そうと決まれば早速行ってくるか！」

俺がそう言って立ち上がると、シャルルが目を輝かせる。

「はい！　それでは、アキト様。そろそろ毒を……」

「んじゃ、シャルルはここで書類確認よろしく！　解毒《げどく》はまだしないからな。また勝手に影を使ったら、うんと濃くして再度与えるから」

「はい……」

ガックリと肩を落とすシャルルを尻目に、俺は転移魔法で魔帝国の皇帝の部屋へ転移した。

皇帝の私室に到着すると、そこには魔帝国の皇帝だけでなく、タイミング良く神聖国の最高司祭もいた。

「よっ」

俺は陽気に声をかける。皇帝と司祭は、真っ昼間から酒を飲んでいたようだ。

「へっ、アキト様!?」

「ブフォッ！　ア、アキト様!?」

俺の登場に皇帝は驚いた顔をし、司祭は飲んでいた酒を噴《ふ》いた。

「ちょっと、お前らに頼みたい事があるんだよ」

「「た、頼みですか？」」

二人は同時に口にして、顔を見合わせる。

嫌な予感を覚えているようだが、瞬時に逃げられないと悟ったのだろう、大人しく俺の前に座る。

俺は二人に簡単に事情を説明する。

「……な、成程《なるほど》。そういえば、アキト様は領主になられたのでしたね。それで、領地の復旧のために人を貸せと？」

「そうだ。表の奴隷だけじゃ数が足りなくてな……魔帝国も神聖国も最近は大人しくしてるみたいだし、人は余ってるだろ？」

「まあ、確かに……」

「私の所も大丈夫ですが……」

いつもだったら俺の頼みなら二つ返事で受け入れる二人なのだが、何故かモゴモゴと口ごもっている。

「なんだ。その渋った感じは？」

「いや、あのですね。アキト様に飛行船《ひこうせん》をやられたじゃないですか？　それで今はまだ修復中でして、大人数の移動は無理なんですよね……」

「私の所も同じくです」

皇帝と司祭が言った飛行船――それは少し前にこいつらに侵攻された際、俺が破壊してしまったのだ。しかし、移動が障害というなら解決は簡単だ。

「それなら別に問題じゃない。人を集めさえしてくれたら、後は俺が領内へ送る。これでも爺ちゃん並みに、魔力も魔法の腕もあるからな」

「そうでしたね。その歳で戦闘狂様と比べられてましたね……」

「ほんと、私達って勝ち目がない相手に挑みましたね……」

結局、オッサン達はションボリとしながら、俺の条件を呑《の》んだのだった。

◇　◇　◇

皇帝達にお願いをしてから二日後、俺は集めてもらった人々をクローウェン領へ連れてきて、早速働かせていた。

荒れ果てている村などに集中的に派遣し、一気に復旧作業を進めていく。

奴隷達総出で復旧に当たっていたのだが、その中でも成果を挙げたのは、レオン率《ひき》いる魔法騎士団達だ。久しぶりにレオンと再会した事で、騎士団の士気が上がっていたみたいだ。

レオンが俺の部屋にやって来て、報告してくる。

「アキト、ここの村の復旧は終わったぞ」

「了解、それじゃ次はこっちに行ってくれ」

「分かった」

レオンが去った後、一人になった俺は呟く。

「……シャルル、負けていられないんじゃないか？」

すると、俺以外誰もいなかったはずの部屋に突然シャルルが現れた。そして、シャルルは自信満々に言う。

「ふふふ、ご冗談をアキト様！　私は、レオン達よりも功績《こうせき》を挙げてきましたよ！」

「現状だと、レオン達の活躍のほうがお前よりも上だぞ？」

「へっ？」

一番貢献している！　と言わんばかりのシャルルに、俺は現実を伝えてあげる事にした。

「お前、復旧くらい自分一人でできると豪語《ごうご》して、影達に頼らずソロでやってるみたいだけど、現状お前の成果は三番目だぞ？　一番はレオン達、二番は影達、んで三番目がお前だ」

「へっ？　う、嘘《うそ》ですよね？」

「俺が嘘言ってどうするよ？　んじゃ、はい、次の場所な。俺は終わった所から上がってくる報告書をまとめないといけないんだから、早く行ってきて」

俺はそう言ってシャルルを追い出すと椅子に座って、レオンからの書類を確認する。

俺も復旧作業に加わりたいところなんだが、結局、影も総動員する事になってしまったし、誰かがこの事業を統括しなきゃいけないんだよな。

シャルルに任せて俺が現場に行きたかったんだけど……シャルルは「私に行かせてください！」と気合十分で聞いてくれず。

別に人はたくさんいるし、シャルルが張り切らなくても大丈夫なんだけどな……

そんな事を思いながら、俺は黙々《もくもく》と資料を確認していくのだった。

その後、シャルルは一人で頑張り、なんとか影達の成果には追いついた。

しかし、人手も多く団結力もあるレオン達には敵《かな》わなかったようだ。なお、レオン達は更に最後に残っていた村も復旧させ、一番の功績を収めた。

シャルルはガーンとなっていたけれど、事情を知らないレオンは、シャルルの落ち込み具合を不思議そうに見ていたな。

◇◇◇

皇帝達の手助けもあり、僅《わず》か三日でクローウェン領にある全《すべ》ての街・村・街道などの復旧が終わった。俺は皇帝の私室へ出向いて感謝を伝える。

「マジで助かった。ありがとう、皇帝、司祭さん」

「ッ！　あ、アキト様がお礼⁉」

「わ、私共何か粗相《そそう》をしましたでしょうか⁉」

皇帝と司祭は何故か驚き、滝のように汗を流している。

これは俺が悪いのかな？　まあ、日頃こいつらには色々とやってるし、この怯《おび》えた反応に心当たりがないとは言えない……

だが、このまま勘違いされっぱなしじゃ、色々と埒《らち》が明《あ》かない。

俺は真面目に頭を下げる。

「……いや、変な意味じゃなくて。皇帝達のおかげで、なんとか領地も普通の状態になって、やっと本格的に領地を運用する事ができるようになったんだよ。だから、本当に感謝してるんだ」

すると、皇帝達はニコニコと笑みを浮かべる。

「いえいえ、アキト様の頼みですから！」

「そうですよ。アキト様の頼みは、神様の頼みと一緒ですから！」

さっきとは打って変わって、皇帝達は朗《ほが》らかにそう言った。

その後、皇帝達にはお礼として俺のポケットマネーから謝礼を出し、いざという時に使えるエリクサーを何本か渡しておいた。

第2話　復興祭の準備

課題だった〝領地の復興〟が終わったので、数日間の休息を取る事にした俺。

連日働き詰めだったのでドッと疲れが出たのだろう。体が重たい感覚がする。

「アキト君、今日もなんだか辛《つら》そうだね？」

アリスが気遣ってくれる。

「ああ、うん。ちゃんと休んでるんだけどな……」

「大変だったら言ってね？　無理に私の予定につき合ってくれなくても、いいんだから」

「大丈夫、大丈夫」

実際、アリスと一緒にいたほうが気持ちが楽なんだよな。

なのでこの数日間、俺はアリスと本を読んだり編《あ》み物《もの》をしたり、一緒に過ごす時間をたくさん作り、リフレッシュしていた。

ちなみに今日は外出し、散歩に来ている。

「ん～、それにしても段々と暖かくなってきたよな」

俺が伸びをしながら言うと、アリスは頷《うなず》く。

「うん、分かる～。最近は朝もそんなに寒くなくなってきたし」

「あぁ、冬は肌寒くて外出できなかったけど、春が来たらアリスと色んな所に出かけたいな。何処《どこ》か行きたい所ってある？」

「えっ、行きたい所？」

アリスは「う～ん、う～ん」と悩み始めた。直ぐにってわけじゃないので、適当な返事でもしてくれればよかったんだが、アリスは真剣だった。

「アリス？　そんなに考え込まなくても」

「でも～……あっ、そうだ。それじゃ、一緒に海に行きたい！」

「海？　って事は、リゾート地のスルートの街か？」

「うん！　前にアキト君と行けなかったし、一緒に行きたいなって思ってたから！」

そうか、海か……

スルートの街は海辺のリゾート地として有名な所で俺も何度も訪れている。とはいえアリスとは行ってなかったし……たくさん行って遊びまくるか！

俺はそう心に決めると、早く冬が過ぎて暖かい季節が来ないかなと思うのだった。

◇　◇　◇

アリスと海に行くと約束をしてから数日後――

休暇を終えた俺は、クローウェン領の城に人を集めて会議をしていた。集まってもらったのは、クローウェン領にある主な街・村の長達《おさ》だ。

クローウェン領には、街が五つと村が八つある。ちなみにチルド村は名前こそ〝村〟だが、規模は〝街〟クラスなので五つの街の一つに分類されている。なお、五つの街の中で見ても二番目に大きいので、そろそろ街と改名すべきか悩みどころだ。

俺は長達に告げる。

「さて、今回集まってもらったのは、今後の領地の課題について話し合うためだ。各地が荒れて生活に困っているという問題は、先日の復旧作業で解決したと思っているけど、どうかな？」

すると、村と街の長達が嬉しそうに報告する。

「はい。おかげで皆、生きる希望が戻り始めています。アキト様には本当に感謝しております」

「私の所もです。災害で使えなくなっていた道が通れるようになって、商人さんも来てくれるようになりました」

壊れて倒れていた家や壁、岩などで塞《ふさ》がっていた道路の整備を行った事で、クローウェン領に商人がまた行き来できるようになった。その事は既に、父さんを通じて国中の商人達へ伝えているので、物流の問題も解決したといっても良さそうだ。

「……で、次は何をしたらいいと思う？」

俺が尋ねると、街の長の一人が手を挙げる。

「実は、前領主に無駄な出費と言われて、この地方の祭りが廃止になり、祭り道具も捨てられてしまったのです。領主がアキト様に代わった今はその政策はなくなっておりますし、村や街の復興を祝って祭りをするというのはどうでしょうか？」

「祭りか……そういえば、チルド村を発展させた時もやったな」

いい意見だと思って他の者達にも尋ねると、皆、祭りに賛成のようだった。

こうして、新生クローウェン領での最初の仕事は、全ての領民達と共に開催する〝復興祭〟となった。


復興を祝って祭りをやる――その情報は瞬《また》く間《ま》に領土を駆け巡った。禁止されていた祭りの復活に、領民達は大きな盛り上がりを見せた。

「へぇ、また祭りをやるのか。意外とアキトは、祭り好きなんだな」

俺にそう声をかけてきたのは、祭りの手伝いのために呼び出したレオンだ。

「まあな、祭りって人がたくさん集まって盛り上がるだろ？　俺って、そういうの好きなんだよ」

前世でも、近所の夏祭りによく行っていた。

祭りの楽しみは色々あるが、中でも好きなのは屋台《やたい》の食べ物だ。イカ焼きや焼き鳥、唐揚げ……祭りには昼食を抜いて向かい、祭りの雰囲気を楽しみながらお腹いっぱい食べるのが一番の楽しみだった。

そのくらい俺は祭りに思い入れがあるわけだが……

◇　◇　◇

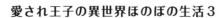

その後、屋台で美味《うま》い料理を出すため——俺はレオンと共に、食材を求めて海の上を飛んでいた。

「ってか、アキト。何処まで行く気なんだ？　海を進み始めてから、もう結構時間経ってるぞ？」

「もう少しだよ。俺が調べた情報だと、ここら辺に……」

求めている食材は、海に生息している生き物だ。

先に、なんでも調べられるチートスキル【図書館ＥＸ】で調べてあるので、今飛んでいる付近にいるのは分かっている。

けれど、なかなか発見できないな。

「……なあ、アキト。俺の記憶が正しければ、この地域って——」

「シッ。黙れ、レオン。目的の奴が出てきたぞ」

真下からズバンッと現れたのは、触手だ。

「ッ!!」

「なッ！」

俺とレオンは、思わず声をあげる。

とはいえ、相手の正体を知っている俺は、その触手を魔法で切り飛ばし、即座に異空間《いくうかん》へ放り投げる。

「お、おいアキト!?　もしかして、目的の食材って彼奴《きゃつ》の事なのか!?」

「そうだ。海の怪物、クラーケンだよ」

「はぁッ⁉　ちょっ、はぁ⁉」

レオンが盛大に驚いているな。

クラーケンが再度触手を伸ばし、レオンの体を海へ引きずり込もうとしてくる。俺はレオンを助け出すために、彼の腕を引っ張りながら上空へ戻った。

「レオン、気を引き締めろよ？　食材集めに行こうぜって笑顔で言われた時点で気付くべきだったよ！」

「ああ、くそッ！　油断してると一瞬で死ぬぞ」

そうこうしているうちに、また触手が襲ってくる。

レオンは愚痴《ぐち》を言いつつも、クラーケンとの戦闘に難なくついてこられていた。

そんなふうにして、俺とレオンはクラーケンと戦闘しながら、その触手を採り続けた。クラーケンは特性として、触手を切られても再生するので、採れるだけ採り続けられるのだ。最後はクラーケンが逃げようとしたので、俺とレオンで空中に浮かせ、魔法で仕留めた。

戦闘後、レオンが呆《あき》れた様子で言う。

「一体何処に祭りで出すために、クラーケンを食材にする奴がいるんだよ……マジでやりすぎだろ……」

「文句ばっかりだな、レオンは。【図書館ＥＸ】で調べたら、クラーケンは美味いって出てきたんだよ。だったら、食べるしかないだろ？」

「そんな情報があったとしても、本当に採りに行くのは馬鹿でしかないだろ……」

レオンはクラーケン狩りに無理矢理連れてこられたのが面白くないのか、文句を言い続ける。

ふむ、でも今回のもう一つの目的を明かしてやれば、一気に態度が変わるんだろうな。

「レオン、ちょっとステータス見てみろよ」

「はぁ？　ステータス？」

レオンは渋々ステータスを確認する。そして、「なっ！」と大きな声をあげた。

レオンに続いて、俺も同じように自分のステータスを確認する。

名前　：アキト・フォン・クローウェン
年齢　：6
種族　：クォーターエルフ
身分　：王族、公爵
性別　：男
属性　：全
レベル：128
筋力　：7017
魔力　：16745
敏《びん》捷《しょう》：7005

運　　：78
スキル：【鑑定《かんてい》：ＭＡＸ】【剣術：ＭＡＸ】【身体能力強化：ＭＡＸ】
【気配察知：ＭＡＸ】【全属性魔法：ＭＡＸ】【魔法強化：ＭＡＸ】
【無詠唱《むえいしょう》：ＭＡＸ】【念力《ねんりき》：ＭＡＸ】【魔力探知：ＭＡＸ】
【瞑想《めいそう》：ＭＡＸ】【威圧《いあつ》：ＭＡＸ】【指揮：ＭＡＸ】
【付与術：ＭＡＸ】【偽装：ＭＡＸ】【信仰心：ＭＡＸ】
【錬金術：ＭＡＸ】【調理：ＭＡＸ】【手芸：ＭＡＸ】
【使役術：ＭＡＸ】【技能譲渡：ＭＡＸ】【念話《ねんわ》：ＭＡＸ】
【木材加工：ＭＡＸ】【並列思考：ＭＡＸ】
固有能力：【超成長】【魔導の才】【武道の才】
【全言語】【図書館ＥＸ】【技能取得率上昇】
【原初魔法《げんしょまほう》】【心眼《しんがん》】
称　号：努力者　勉強家　従魔使《じゅうまつか》い
魔導士　戦士　信仰者
料理人　妖精の友　戦神
加　護：フィーリアの加護　アルティメシスの加護　アルナの加護
ディーネルの加護

今回のクラーケン狩りの表向きの目的は、祭りで使う食材集めだ。しかし同時に、クラーケンの討伐、それと俺達のレベル上げも目的としていたんだ。

昨晩、祭りの屋台で何を出すか考えている時に、俺は主神《しゅしん》アルティメシス様からとあるお願いをされた。クラーケンが海を荒らし、生態系のバランスが崩れかかっているので退治してほしいというものだ。それで俺はクラーケンの被害がジルニアにも及ぶ可能性があると思い、念のためにレオンを呼んで討伐に来たというわけだ。

ただでさえ、クラーケンの経験値は多かったが、更に神様からのお礼の気持ちなのか、経験値がより上乗せされていた。

ずっと驚いたままのレオンに、それらを全て説明する。

「そういう事だったのかよ……レベルが一気に20も上がって、ステータスがおかしくなったのかと思ったぞ」

「レオンが最近頑張ってるのは知っていたから、少しだけご褒美《ほうび》をやろうと思ってさ。どうだ、この褒美は？」

「危険だったが、最高だよ」

レオンは嬉しそうにステータスを見て、滅多《めった》に見せない笑顔で言った。

ちなみに、俺の固有能力の欄に増えている【心眼】は、戦神様から授かった能力だ。心の眼《め》で相手の動きを観察し、次の攻撃を予測できる優れ物である。


その後、俺はレオンと別れ、クローウェン領の居城へ戻ってきた。

地下にある解体場にやって来てクラーケンの触手を出すと、働いていた奴隷達が腰を抜かす。

うん、まあ、驚くのも無理ないな。

「ア、アキト様。この生物は……」

奴隷の一人が怯えた様子で言う。

「うん、ちょっと大きな海の生き物だよ。毒はないし、書物によれば美味《おい》しいって書いてあったから、調理しやすいサイズに解体してくれ」

「は、はい……」

それから俺は、仕事部屋へ向かった。

そこにはシャルルがおり、書類の整理をしていた。

「お疲れ、シャルル」

「アキト様も、クラーケン狩りお疲れ様でした」

シャルルが書類から顔を上げて言う。

俺もシャルルと同じように書類確認を始める。祭りの準備のため、各地から送られてくる品物や出し物の申請書の確認、会場選びなどで普段より忙しさが何倍も増していた。

ちなみに今は春休み期間なのだが、ほんとタイミングが良かったな……この忙しさじゃ、学園との両立は難しかっただろう。

「それでシャルル、祭りの会場は何処にするか決まったか？」

「はい。以前、アキト様が独自に大会をするために作られた会場を、少しだけ整備して使う事に決めました。今後、クローウェン領の大きな催しをする際にも使えるようにと思いまして」

「ああ、あそこか。確かに、街と街の間に作ったから人が集まりやすいだろうけど。とはいえ、端に住んでる村の者達はどうするんだ？」

「そこは、転移魔法やワイバーンなどを使って送り迎えする予定です」

「成程、よく考えているな」

シャルルの采配《さいはい》に、俺は素直に感心した。

ともかくそうなってくると、あの場所はこれからクローウェン領でも最も活気のある場所になるだろうな。もうちょっと生活しやすいように工夫する必要が出てくるかもしれない……

「っと、いけない。また悪い癖が出てたな……」

チルド村でもやりすぎてしまったというのに、領内にこれ以上賑《にぎ》わう場所を増やしたら、王都が霞《かす》んでしまう。そうやって悪目立ちすれば、第二王子の俺を王にしようと企《たくら》む馬鹿が出てくるかもしれない。

開発して良い場所にしたい、という気持ちを抑えるため、俺は仕事に集中した。

「――アキト、大丈夫か？」

「んっ？」

誰かの声が聞こえ、いつの間にか目を閉じていた事に気付く。体を起して目を開き、視界に映った仕事部屋には、何故かレオンがいた。

もしかして俺、いつの間にか寝ていたのか？

「ッ！　……っぶね～、もう夜じゃないか」

窓の外を見て叫ぶと、レオンが呆れた様子で言う。

「さっきシャルルに会って、アキトが寝ていたら起こしてやれって言われたんだよ」

「そうだったのか。悪い、迷惑かけたな」

「別に、俺もこっちに用事があったからさ」

レオンは手をヒラヒラさせながら言い、クラーケンの解体が終わった事を教えてくれた。

俺は机で寝たせいで凝《こ》った体をうーんと伸ばす。

「そっか、解体が終わったんなら後で取りに行くよ。報告ご苦労様」

その後、レオンが部屋からいなくなったところで、俺は残りの書類を急いで確認し、帰宅した。

少しだけ休憩していると、夕食に呼ばれたので食堂に移動する。

「アキト、なんだか疲れてる様子だけど大丈夫？」

食卓に着いたところで、エリク兄さんから指摘され、俺は笑ってごまかす。

「大丈夫だよ。心配してくれてありがと、兄さん」

仕事中に寝落ちしてしまったせいで、疲れが隠せていなかったみたいだ。

そんな俺の様子に家族は何か勘付いたみたいで、食後直ぐに風呂に入って眠るように言われた。

みんな、俺の異変には直ぐに気付くんだな～。

第3話　復興祭

祭りの準備には一週間とかからず、あっという間に開催前日となった。

会場設営はシャルルが先頭に立ち、急ピッチで完成させた。居城を作った時と同じく、俺に何もさせてくれないシャルルのせいで詳しい事は分からなかった。かなり不安なんだけど、俺は俺で書類仕事をしなければいけなかったので、手伝いには行けなかったんだよな。

というわけで、経過を一切見ていなかった俺は仰天《ぎょうてん》した。

「おい、シャルル！　これはなんだよ！」

そこには、街ができていた。

中央に大会時に作った会場があり、その四方に色んな施設が建てられている。公園、居住区、店、食事処が建ち並び、元々あった休憩所なんかもたくさんの人が利用できるよう改築されていた。

中央の会場は、いかにも祭りらしく設営されており、立派なステージまで備えつけられていた。

シャルルは澄《す》まし顔で答える。

「えっ、祭りのためにはこのくらい必要かなと思いまして。駄目でしたか？」

「やりすぎだろ！　お前、城を作り変えた時の事、懲《こ》りてないだろ！」

とはいえ、作ってしまったものは仕方がないので、このまま使う事にした。

しかし、シャルルを野放しにすると大変な事になるな。春休みの間に、きちんと調教《ちょうきょう》しておこう。

ちなみに、様変わりしたこの場所は、最終的に正式な街とする事にした。父さんに報告した際に、「流石にその大きさだと、街と認めないと駄目だよ〜」と言われてしまったのだ。

街の名前は、ラトアと付けた。なおいつものごとく、父さんから「いいな〜、こんな街いいな〜」と訴えかけられたのは言うまでもない。

でも、父さん、あげられないからね。

◇　◇　◇

「アキト様、この品物はどちらに？」

「それは、あっちにお願い」

俺は今、祭りの本会場となるステージで、届けられる物資の割り振りをしていた。

本来であればシャルルやエマ達に任せたいのだが、奴らには他の場所で、こんな感じの役目をやってもらっている。

「アキト、持ち場が片づいたから手伝いに来たぞ」

バタバタと走り回っていると、レオンがそう言って空から降りてきた。

偉そうな登場の仕方に小言を言いたかったけれど、その提案には素直に感謝し、レオンに指揮の半分を任せた。途中からクロネもやって来たおかげで、昼頃にはなんとか仕事を終えられた。

俺は二人に礼を言う。

「助かったよ、二人共」

「ご主人様が困ってたら、助けるのが奴隷の役目だもの、ねえレオン？」

「そうだな、ご主人様の仕事をするのが俺達の仕事だからな。いつでも頼っていいんだぞ」

クロネとレオンが、俺のご機嫌を取るように言ってきた。

「……」

なんでこいつらがこんなふうに接してくるのか。

それは、俺が今、こいつらにお仕置きをしているからだ。

お仕置きとして使っているテスト段階の魔道具の効果は——首に装備すると、食べた物の味が全てなくなるというもの。

ちなみに、母さんが作ってくれたお菓子を、俺に黙って全部食べた罰としてやっている。

「ったく、分かったよ。今日一日頑張ったら、その魔道具を外してやるよ」

俺がそう言うと、レオンとクロネが身を乗り出す。

「ッ！　本当か⁉」

「嘘じゃないわよね⁉」

「嘘を言ってどうするよ？　明日は待ちに待った祭りだろ？　それとも、祭りの間も味のしない食事をしたいのか？」

「「頑張ってきま〜す！」」

二人はそう応えると、全速力で走り去っていった。

ほんと、奴らは似たもの夫婦だな。調子いいところも含めて。

その後、レオンとクロネは他の現場でも活躍したらしく、奴隷達にとても感謝されていた。

「いよいよ明日だね。本当に僕達も行っていいの？」

夕食の席で、エリク兄さんから聞かれた。その隣ではアミリス姉さんも心配そうな顔をしている。

俺は笑顔で答える。

「大丈夫。クローウェン領の復興祝いだから、王族が来たほうが盛り上がると思うんだよ。だから、兄さんも姉さんも心配しないで」

兄さんと姉さんはパァッと笑顔になった。普段、王族は式典に参加するくらいはあっても、お祭りを楽しむ事なんてないからね。

そこへ、父さんが話しかけてくる。

「そういえば、アキト。魔帝国と神聖国にも招待状を送ったんだね」

「ほら、復興への支援をしてもらったでしょ？　なら、復興祭には来てもらいたいなって思ってさ」

「成程ね～。でも、父さん色々と驚いちゃったよ」

父さんはそう言うと、冷や汗を流した。

父さんからしてみれば、ちょっと前に戦争を仕掛けてきていた二国が、息子の領土を支援してるというのは、意味の分からなすぎる状況だろうね。

食後は、家族全員が早めに就寝した。

俺もそうするはずだったのだが——


「ねぇ、アキト君！　明日の祭り、どうしても出ちゃ駄目なの!?」

「駄目なものは駄目です！　地上の祭りに軽々しく顔を出す神様が何処にいるんですか！　大会の時だって、もみ消すのに苦労したんですよ！」

そう、神界《しんかい》に飛ばされ、いつもの主神の我儘《わがまま》につき合わされていた。

実は数日前に「祭りへ来たら駄目だ」と言ったばかりなのだが、この主神、開催を翌日に控《ひか》えた前夜に突撃してきやがったのだ。

既に「行きたい！」「駄目！」という言い合いを二時間程続けている。

「いい加減にしてください！　アルティメシス様は主神なんですよ！　立場というのを分かってください！」

「立場が何さ！　それだったら、神のトップが『行きたい！』って言ってるんだから、行かせるべきだよ！」

「だから、その神のトップがほいほい現れちゃ駄目だって言ってるんです！」

「構わないじゃん！　行かせてよ！」

「駄目です！」

「行かせて！」

「駄目です！」

「行かせて！」

こんな応酬《おうしゅう》を続けているうちに、段々と疲れてきた。

そしてとうとう俺は根負けし、参加を許してしまう。

「もういいです、来ても。ですがッ！　絶対ッッに！　神だとバレないようにしてくださいよ！」

「勿論！　アキト君との約束だからね！　ちゃんと守るよ！　これでも主神だしさ。神の力を隠すのだって簡単だよ」

許可を得られて浮かれている様子の主神。

簡単とか言うんなら、大会の時も見つからないようにしてくれればよかったのに。

あの時、主神が現れたのが情報屋に見つかったので、漏らされないように莫大《ばくだい》な金を動かした。

まあ、莫大と言っても俺の貯金で払える額。とはいえもみ消すのに苦労したのは確かである。

「……それで、そこにいるお三方も参加希望ですか？」

俺はそう言うと、ぐったりしながら別のほうに目を向ける。

俺の視線の先には、いつの間にか俺に加護を与えている、フィーリア、アルナ、ディーネルの三人の神がいた。

笑顔で首を縦に振る三人に俺は告げる。

「マジでバレるのだけは勘弁してくださいよ。今回は他国からも多くの人が来るので、もみ消しが本当に難しいんで……」

「分かっているわよ。私達は神よ？　人間にバレない手はいくらでもあるわ」

神様達のせいでヘトヘトになりながら、俺は神界から地上に戻ってきた。窓から外を見た感じだと、まだ寝られそうだと思い、横になって目を瞑《つむ》る。

「あっ、そうだ。お礼にアキト君にプレゼントを」

途端《とたん》にアルティメシス様の声がして、俺はまたしても神界に連行された。

「そんなのはいいから、寝かせてください！」

「ご、ごめんなさい！」

二度目の神界に連れてこられた俺は、主神に怒鳴《どな》り散らして地上に返してもらい、今度こそ眠りについた。

◇　◇　◇

翌日。神様とのごたごたで疲れが残るかと思ったが……不思議とそんな事はなく、ここ最近でも最高に寝覚めが良かった。

「そういえば、寝る前にアルティメシス様が『プレゼントを』とか言ってたな……」

周りを確認するが、それらしい物は置かれていない。

もしかして……と思いステータスを確認してみる。

名　前：アキト・フォン・クローウェン
年　齢：6
種　族：クォーターエルフ

身　分：王族、公爵
性　別：男
属　性：全
レベル：128
筋　力：7017
魔　力：16745
敏　捷：7005
　運　：78
スキル：【鑑定：MAX】【剣術：MAX】【身体能力強化：MAX】
【気配察知：MAX】【全属性魔法：MAX】【魔法強化：MAX】
【無詠唱：MAX】【念力：MAX】【魔力探知：MAX】
【瞑想：MAX】【威圧：MAX】【指揮：MAX】
【付与術：MAX】【偽装：MAX】【信仰心：MAX】
【錬金術：MAX】【調理：MAX】【手芸：MAX】
【使役術：MAX】【技能譲渡：MAX】【念話：MAX】
【木材加工：MAX】【並列思考：MAX】
固有能力：【超成長】【魔導の才】【武道の才】

【全言語】【図書館EX】【技能取得率上昇】
【原初魔法】【心眼】【ゲート】

称　号　：努力者　勉強家　従魔使い
　　　　　魔導士　戦士　信仰者
　　　　　料理人　妖精の友　戦神

加　護　：フィーリアの加護　アルティメシスの加護　アルナの加護
　　　　　ディーネルの加護

「……また何か、能力が増えてるぞ」

俺は、新しく現れた【ゲート】という固有能力を確認する。

それは〝空間と空間を繋《つな》ぐ扉を作り出す〟というもので、簡単に言えば設置型の転移魔法だ。デメリットはなく、消したいと思えばいつでも消せるし、消したくなかったら俺が死んだ後もそのまま残るという仕組みだった。

「うん……祭り会場への移動手段をシャルルに考えてもらったけど、これで全て解決じゃん」

その後、顔を洗って食堂に向かう。

「おはよう、アキトちゃん」

「おはよう、アキト」

「おはよ。姉さん、兄さん」

廊下で、いつもなら先に食堂で待っている姉さん達とばったり会った。二人の顔を見ると、若干眠たそうにしている。今日の祭りが楽しみで寝られなかったのだろう。

「姉さん、兄さん。はいこれ」

俺は、異空間からエリクサーを取り出して、二人に手渡した。万能薬のエリクサーをこんな安易に使うのは勿体《もったい》なさすぎるかもしれないけど、今日はせっかくの祭りだし、万全な体調で参加してほしいんだよね。

「ありがとう、アキト」

「ありがと、アキトちゃん！」

ちなみに二人には「ただの眠気覚ましだよ」と言ってある。エリクサーは、俺が色々と試行錯誤《しこうさくご》した結果、手軽に使えるくらいの量が確保できている。それでも大量生産はまだまだ難しいけどね。

二人と合流し食堂に向かい、先に座っていたアリウス父さん達に挨拶をしてから席に着いた。それから朝食をとり、家族と一緒に転移魔法でアリスを迎えに行ってからラトアへ移動した。

「アキト様、おはようございます」

復興祭会場の待合室に入ると、先に来ていたシャルルから挨拶された。

「ああ、おはよう。準備はどうだ？」

「完璧ですよ。祭りの開始前に屋台を始めているのですが、既に大勢人が集まっているようです」

「マジか、地方からたくさん人が来ると聞いてはいたが……念のため、食材の管理は怠《おこた》るなよ。商品が品切れになって、復興祭を最後まで楽しんでもらえなかったら嫌だからな」

シャルルに指示を出した後、祭りの開会式が始まるまで父さん達と待機する。

一領地に過ぎないクローウェン領の復興祭に王家が総出で出席するのは、ちょっと大げさかもしれない。でも俺の領地だし、王である父さんには、顔を出してもらいたかったんだよね。まあ、父さんはこういった催《もよお》しに慣れてるし、参加できるのが嬉しいと言ってくれたけど。

開会式は、王家の来賓《らいひん》の出席のもとに無事行われた。

祭りが始まると、式に参加していた他国の重鎮《じゅうちん》の人達が挨拶に来る。多くの人達と交流していると竜人国《りゅうじんこく》の王、竜王《りゅうおう》が声をかけてきた。

「こうして会うのは初めてだな、リオンの孫。アキト」

「そうですね、竜王様」

竜王は人間形態であるものの、大きな体をしていた。二メートル程の長身で、全身が筋肉に覆われており、〝炎竜《えんりゅう》〟という通り名にふさわしい、燃えるような赤い髪と目をしている。

「ふむ……今日は、挨拶だけにしておくか。近いうちに一戦やってもらうぞ？」

「えっ……いいですよ。竜王様には色々と世話になっていますから」

「フフ、そうかそうか、楽しみに待っておるぞ」

竜王は嬉しそうに告げると、俺に背を向ける。そして飲み食いしているリオン爺ちゃんを見つけ、爺ちゃんの首根っこを掴んで何処かへ消えていった。

ふ～……マジで威圧《いあつ》やべぇだろ、竜王様！

周りに威圧がいかないよう配慮してくれてたみたいだけど、俺だけに威力を与えるよう弱めてあれってヤバすぎる！

「はぁ……強くなったと思ってたけど、まだまだ上には上がいるのか。というか、あれに勝負を挑んでる爺ちゃんは何者なんだよ。能力値の差もあるだろうに……」

それから俺は挨拶回りを終えて気疲れしてしまい、アリスのもとに逃げた。優しく迎えてくれたアリスと一緒に祭りを見て回る。

「アキト君、あっちも見ていい？」

「うん、いいよ。アリスが好きな所を見て回ろ」

俺は運営側の人間だし、祭りの出し物を全て把握している。だから、アリスを案内するようにして、彼女が見たい物、食べたい物の屋台を中心に巡っていった。というか、そのほうが俺も満足できるしね。

ベンチでクラーケンのイカ焼きを食べていると、楽しそうな雰囲気に惹かれたのか、どこからともなく俺の従魔であるスライムのライムが現れて、「ぴっ！」と言いながら頭の上に乗ってきた。

更には姉さんと兄さん、祭りに来てくれていたクラスメイトのルークとリクも合流して、皆で祭りを楽しんだ。

こうして復興祭は大成功に終わったのだった。

第4話　四年の月日

俺が異世界に転生してから、十年の歳月が経った。

そう、いきなりだが、俺は十歳になっている。

五年前までは戦争だなんだと忙しい日々を送っていた気がするが、ここ数年は落ち着いた日々を過ごしている。最近は卒業式の練習が多い。学園生活も終わりが近づいているのが感じられて、少し寂しい気持ちだな。

「アキト君、予定が空いてるんなら、いつものメンバーで卒業旅行に行かない？」

卒業式の練習後、帰ろうとしているとルークに誘われた。

学園に入学して友人第一号になったルークとは、結局五年間同じクラスだった。ちなみに姉さん、アリス、リクとは今は別クラスになっている。姉さんとアリスが、俺とずっと同じクラスのルークに文句を言って、彼を困らせた事もあったっけ。

「卒業旅行か……いいね。俺は賛成だよ」

「良かった～。アキト君いつも忙しそうにしてるから、断られるかと思ってたんだ」

ルークは俺の返事に嬉しそうな顔を見せる。

「いやいや、友人と旅行に行くとなったら予定は合わせるよ。姉さん達にもこの話はしたの？」

「うん。後はアキト君だけだったんだ。アミリスさんとアリスちゃん、リク君は、アキト君の予定に合わせてくれるって」

ルークがそう言ったところで、タイミング良く、別クラスのアリスとアミリス姉さん、リクが教室にやって来た。

ちなみに、このメンバー以外にも俺はたくさんの友人を作る事ができた。なんだかんだ学園生活を楽しむ事ができたなあ。

アミリス姉さんが早速尋ねてくる。

「アキトちゃん、時間は作れそうなの？」

「うん、姉さん達との旅行は是非《ぜひ》行きたいし、絶対に日程を調整するよ」

俺が言うと、アミリス姉さんとアリスは嬉しそうに笑った。リクも俺の返事を聞いて「皆で行けそうで良かったよ」と笑みを浮かべる。

今日は卒業式の練習でもう遅いので、具体的な旅行先などは後々話し合うとして、それぞれ帰宅した。俺は姉さんと一緒に家に帰った。


自分の部屋に入るなり、突然声をかけられる。

「遅かったな、アキト」

そこにいたのはレオンだった。

「来てたのか。すまんな、今日は卒業式の練習で遅くなったんだよ」

「あ～、もうそんな時期なのか？」

「そうだよ。ところで何か用事か？」

すると、レオンは懐《ふところ》から封筒を一つ取り出した。

俺はそれを受け取り、中身を確認する。竜王からの手紙で、「そろそろ暇な時期になるだろ？試合するぞ」という内容だった。

「成程ね。タイミングを見計《みはか》らって連絡してきたのか……もうこれ以上、先延ばしは無理そうだな……」

「そうみたいだな。諦めて死んでくるんだな」

「……俺が竜王と戦う前に、レオンでウォーミングアップさせるぞ？」

「やなこった」

四年前、クローウェン領の復興祭で竜王と初めて会ってから何度か試合を申し込まれていたが、忙しかったので断っていた。だが、それも限界のようだ。

「みんなには悪いけど、ちょうど卒業旅行をしようって話になってたし、行き先は竜人国にしてもらおうかな。竜王と対戦なんて、思い出としてはインパクトあるだろうし」

「そうだな、インパクトしかないだろうよ」

落ち込む俺を見て、レオンはニタニタと笑っている。

マジでこいつから先にやらせてやろうかな。

「まあいいや。とりあえず竜王には、もう少し待っててもらうように連絡しといてくれ」

俺がそう指示すると、レオンは「了解、じゃあな」と言って転移魔法でいなくなった。

俺は制服から着替えると、ソファーに座る。そして改めて自分の体を観察する。

「しかしエルフって凄いよな〜。十歳でこれって……」

四年前の時点でも六歳にしては成長が早かった。十歳になった今は更に体格が良くなっている。

エルフの血が流れていると、長寿《ちょうじゅ》かつ成長が早いという特徴がある。俺の今の身長はかなり伸び、顔立ちは大人びると同時に整っている。髪型は爺ちゃんや父さんと同じように、金髪を少し伸ばして切り揃えており、いい感じに美少年な雰囲気だ。

「姉さんも一気に身長伸びてたし、俺より薄いっていってもエルフの血は凄いんだな」

そんなふうに自分の体の作りに感心していると、メイドから夕食の準備ができたと呼ばれた。

食堂に着き、既に家族が待つ席に俺も着く。

「エリク兄さん、帰ってきてたんだ」

俺の席の横に座る兄さんにそう声をかける。ちなみに兄さんも成長し、美少年から美青年へ進化を遂げていた。

「うん、さっき帰ってきたんだよ。ほら、アキトにもお土産《みやげ》あげるよ」

エリク兄さんからお土産を受け取ると、俺はお礼を言って異空間へ入れる。

兄さんは学園を卒業し、今では父さんの補佐をしつつ王様の仕事を勉強している。兄さんは物覚えが良い。以前は「アキトが王様をやればいい」なんて言っていた父さんも、ここ数年はそういう事を言わなくなった。

俺は兄さんにふわっとした話題を振る。

「兄さん、最近の調子はどう？」

「う～ん、ボチボチかな？」

「そっか。まあ兄さんの後ろには俺がいるから、いつでも頼ってくれていいからね。一応、俺は家臣として、この国に仕えてるって事になってるし」

「うん。ありがとね、アキト」

兄さんはいつもの笑顔を見せて、俺の頭を撫でた。

兄弟の仲が悪くなるかもと思っていた時期もあったが、そんな事は全く起きなかったな。逆に、この数年で前よりも更に仲が良くなった。男兄弟ゆえに姉さんが立ち入れない部分もあって、嫉妬《しっと》される事さえある。


食事を済ませ、風呂に入った俺は、自室に戻るとベッドに横になった。

もうすぐ学園も卒業――そう思うと感慨深いものがあり、この五年間の思い出がよみがえってくる。入学当初、友人ができなくて苦労したり、学園祭に出場できなくて悲しんだり、色んな事があったな。

「ってか、転生してまだ十年か。でも学生終了ってあっという間だな……って、それはアリスも一緒か」

俺と一緒に学園に通うために、転生者でもないのに持ち前の努力で俺についてきた可愛い婚約者。最近じゃ成長して綺麗《きれい》になってきた事で男子から人気が出ていると影から聞いた。

「アキト様、今よろしいでしょうか？」

「んっ？　どうした？」

突然、影のリーダーであるディィルムが現れたので、俺は体を起こした。

ディィルムがこんな夜更《よふ》けに来るなんて、緊急事態か？

「以前から見張っていたのですが、遂《つい》に情報を掴む事ができました！」

その報告に、ビクッと俺の体が反応する。

ディルムには、数ヵ月前からとある人物をずっとマークさせていた。それは——元影のトップであり、俺の執事でもあるシャルルだ。シャルルがここ最近、俺や奴隷達に隠れて何かやっているのを察知した俺は、ディルムにシャルルを見張るように命じていたんだ。

「ッ！　でかした！　あの馬鹿、何度問いつめても『そんな事は知りません』と言ってごまかしていたからな。それで一体何をしていたんだ？」

「はい、こちらです」

ディルムは異空間から、シャルルが隠していた物を取り出した。

「……俺の像？」

「はい。一番小さく持ち運びやすい物を持ってきたのですが、これと同じようなアキト様の像が大量に……」

「やめろ、それ以上は言うな！」

嫌な予感がした俺は、ディルムの言葉を遮《さえぎ》った。

もしこれが普通の奴隷達のした事だったならば、別に咎《とが》めたりはしない。だがあの馬鹿に限っては、絶対に阻止しなければいけない。以前もこれと似たような事をしていて、一度やめさせたのだが、また隠れてやっていたのか。

「ディルム、とりあえずご苦労だった。もう普通の仕事に戻っていいぞ。後は俺が始末をつけておくから」

「はい、分かりました。ですが、今回報告したのが私だとはシャルルに言わないでください。後で私の所に来そうなので……」

「大丈夫だ。俺が見張っていて気付いた事にする。それに奴が詮索《せんさく》してこようとしたら、酷いお仕置きをするつもりだからな」

ディルムは安心したように部屋から出ていった。

あの馬鹿、こんな像を作って一体何をしようとしていたんだ？

「これが持ち運びやすいって事は、これよりも大きいのがあるんだよな……もしかして奴、俺の像を教会とかに置くつもりなんじゃ……」

俺はふと、シャルルが最近、領内で教会の整備をやっていると言っていたのを思い出した。

つまり、整備に紛《まぎ》れて、俺の像を置くつもりだったんじゃないか——そう考えるとブルッと体が震えた。

「マジでディルムが見つけてくれて良かったな……」

明日キッチリとシャルルに話をつけなければいけないと決意し、俺はそのまま眠りについた。

翌日、学園が終わってから、シャルルと話をした。

最初は口を割らなかったシャルルに対し、俺はディルムが持ってきた像を見せ、像が隠してある部屋へ移動した。この部屋は更なる調査で判明していた。

こうして俺の予想通り、シャルルが教会の整備に紛れて、俺の像を置くつもりだった事が暴《あば》かれた。

「どっちがいい？　辛《つら》いのと、魔力が少なくなるの？」

俺がお仕置き用メニューを選ぶよう迫ると、シャルルはフルフルと首を横に振った。

全力でお仕置きを嫌がるシャルルだったが、俺はこれ以上馬鹿な真似をしないよう、キツい調教をする事にした。

「両方だな」

「イヤァァァァ!!」

シャルルの悲鳴が城中に響く。

しかし、シャルルを助けに来る者はいなかった。

◇　◇　◇

シャルルの調教から数日後のある日。

今日は学園が休みなので、俺は領地の仕事をする事にした。

最初に、不在にしていた間の資料を確認する。

仕事は忠実にこなすシャルルと、その配下の奴隷達、そして協力的な民達のおかげで、クローウェン領は着実に発展し続けていた。

「なんだかんだいってても、シャルルは仕事が完璧なんだよな……ったく、奴はなんでこう性格だけがあれなんだ……」

忠誠心があるのはいいんだが、ありすぎるのも困るんだよな。

ちなみに、ディルムや他の奴隷達も俺に対しての忠誠心は厚いが、シャルル程常軌《じょうき》を逸《いっ》してはいない。というか、そうだったら困るよ。あいつだけでも制御が大変なのに、シャルルみたいな奴が量産されたら精神衛生上良くない。

噂をすればではないが、シャルルが声をかけてくる。

「アキト様、お疲れの様子ですが。大丈夫ですか？」

「大丈夫だ。って、もう昼時か？」

俺は魔石で動く時計を確認する。既に昼を過ぎていた。

ああ、だから腹の虫が鳴いていたのか。朝からずっと仕事をしていたから何も食べていなかったな。

「すまん、ちょっと飯を食べてくる。確認が終わった書類は、いつものように保管しておいてくれる？」

「はい、分かりました」

シャルルに指示を出し、俺は食堂へ向かう。

「しかし、王都より発展しないようにするのも難しいよな……この四年間、じっくりじっくり成長させてきたが、これ以上の調整は難しいだろう……」

王家の威厳を保つため、次期国王である兄と第二王子の俺を比べられないため、俺は意図的にクローウェン領の発展を遅くしていた。そのためこの四年間で、チルド村とラトア以外の街・村は急激な開発をしていない。変化といえば食料事情が良くなり、誰も飢える事はなくなったくらいだ。

「まっ、飢え死にする者が出なくなっただけでも民から絶大な人気を得たし、いい事か。逆にこれ以上領地に手をかけると、王都と比べられて変に目立ってしまう可能性もあったしな」

食事を済ませた俺は仕事に戻った。その後一時間程で書類の確認は終わり、他の仕事に手をつける。

すると突然リーフが現れ、話しかけてくる。リーフは俺と契約を結んだ妖精だ。

「主様《あるじさま》～、今日はお仕事だけ～？　退屈～」

「悪いな、リーフ。今週は確認する書類がたくさんあってな。明日はアリスと魔法の特訓の日だし、我慢してくれ」

「う～、分かった～。それじゃフレムの所に遊びに行ってくる～」

「いってらっしゃい」

火の妖精・フレムの所へ退屈で死にそうだったらしいリーフを送り出すと、俺は紙とにらめっこする仕事を続けた。

こんなふうにして一つの仕事が片づくと、転移魔法で次の仕事場へ向かう。

一日中仕事を続けた俺は、帰宅して夕飯を食べると風呂に入り、自室へ戻った。

「領地のほうは順調に進んでいるか……はぁ、後の問題は竜王だな……」

暇ができたから行くと返事した手前、春休みには向かう事になるだろう。俺の命運も尽きたか……死ぬ事はないと思うが、アレと戦うのは本当に嫌だ。

「はぁ、ほんと真面目にどうにかならないかな……」

そう願うものの、誰も竜王を止めてくれない。

こうして竜王との戦いまで一ヵ月を切ったが、俺は逃げられないものかと色々考えていた。

第5話　竜人の国

結局、竜王と戦いをする心が決まらないまま学園の卒業を迎え、竜人国へ行く準備が着実に進んでいた。

卒業旅行の行き先は、竜王との約束もあって竜人国にしたいと皆に伝えると、特に反対意見もなくすんなりと決まった。

……だけど、どうにか戦わない言い訳ができないものかな。

頭を抱えていると、そこにレオンが来てこう言われる。

「アキト、もう諦めたらどうだ？」

「くっ、くそう！　レオン、お前が先にやれ！　そして少しでも体力を削れ！」

「やなこった！　竜王自らアキトを指名したんだだろ？　俺なんて相手にする意味ないだろ？　それに今回同行はするが、俺は休暇中の身だからな。せっかくの家族旅行だ、楽しむぞ～」

「ったく、娘に嫌われたらいいのに……」

そう、三年前、レオンとクロネは子を授かった。性別は女の子で、名前は自分達から取り、レオーネと名づけたらしい。普段はチルド村で暮らしている。

奴隷の子だから、勿論身分は奴隷となるわけだが、幼児に仕事をさせるのはマズい。そう考えた俺は、自分の奴隷については、十歳以下は仕事に従事させないという決まりを作った。

「ああ、そういえばレオーネからアキトに渡してほしいって言われて、手紙を預かっていたんだった」

レオンが言いながら、俺に箱を手渡してきた。

「んっ？　レオーネからか？」

受け取って中身を確認すると、手紙と記録用魔道具が出てきた。

『アキトさま、パパがアキトさまのわるぐちをいってました』

子供の文字でそう書かれた手紙を、レオンは俺と一緒に見る事になった。その下にはクロネの文字で『報酬：お菓子』と書かれている。

レオンが声を上げる。

「お、おい……これはどういう事だ!?」

「んっ？　ああ、レオンがたまに隠れて俺の悪口を言っていると耳にしてな。証拠がないし、どうしたものかと思っていたんだけど……一緒に暮らしてるレオーネなら証拠を掴めるんじゃないかと思ってな」

そう言いながら、俺は証拠となるものが記録されているであろう、魔道具を起動した。

魔道具は映像を映し出し音声が流れる。

『ったくよ～、アキトの奴、ますます凶悪になって、アレは子供にみせかけた悪魔だな！』

映っていたのは、レオンとレオンの部下達が酒を飲んでいる姿である。レオンは酒に酔いながら、楽しそうに俺の悪口を言っていた。

「ふむふむ、これは完全に黒だな～」

「ちょっ、ちょっと待てよ、アキト！」

レオンが焦って言うが、俺は耳を貸さない。

「諦めろ、レオン。お前は自分の娘に、お菓子の生贄《いけにえ》にされたのだ」

転移魔法で逃走しようとしたレオンに、俺は魔力を消す魔消弾《ましょうだん》を撃ち、レオンの魔法を止める。

更に、俺はレオンの手足に枷《かせ》を嵌《は》めた。

「くっ、レオーネが少し前から、アキトの作るお菓子が好物になっていたのは知っていたが……まさか娘に売られる日が来るとは……」

ガックリした様子のレオンを見て、俺はニヤニヤと笑う。

「いや～、俺がいない所だったら安全だと、油断したのがいけなかったな」

「娘を使ってくるとは思わないだろ！　卑怯《ひきょう》だぞ！」

「卑怯もクソもあるか。まあ、これでお前を竜王と戦わせる理由ができたな。竜王も、お仕置き代わりだったら戦いを引き受けてくれるだろうよ」

喜ぶ俺の陰《かげ》で、レオンが小声で言う。

「クソッ、子供の皮をかぶった悪魔だって事実を言っただけだろ……」

「それが悪口だろうが」

悔しがるレオンにそう告げながら、俺はクロネに【念話】を飛ばす。

「クロネ、レオーネからの報告が届いてな。レオンを俺の前座として、竜王と戦わせる事にしたんだ。お前もレオーネと一緒に見に来るか？」

『あら、それは名案ね、ご主人様。最近、レオンったら家で酒ばっかり飲んでてうるさかったのよ。それで喧嘩したばかりだし、いい気味だからレオーネと一緒に見物させてもらうわ』

「了解。まあ試合が終わった後は、普通に休暇を楽しんでもらって構わないから。それと、レオーネに『よくやった』と伝えておいてくれ。報酬のお菓子は直ぐに準備して持っていく」

クロネとの【念話】を切って、俺はレオンのほうを向く。

レオンの奴、昔に比べて色々と駄目になってるんだよな……元々は軍人なのに、実戦を経験する事がなくなって平和ボケしたんだろう。定期的に訓練はさせてはいるけれど、レオンや自警団リーダーのジルといったトップ戦力の奴らは、最近目標がないせいか、体がなまり気味だ。今回の事は、レオンにとっても気を引き締めるいい機会になるだろう。

俺は張り切って言う。

「さてと、これで俺の道連れになって墓場に行く奴ができたか。そうとなれば、気持ちを切り替えて用意を進めるぞ～！」

「さっきまで行きたくないいって愚痴ってた癖に、何いきなりやる気出してんだよ！」

「えっ？　だって、道連れになる奴ができたんだぞ？　俺一人だったら嫌だけど、道連れがいるなら話は変わるだろ？　しかもレオンが前座だから、お前が先に死ぬ姿も見られるしな。それなら、俺が死ぬ価値もあるってもんよ！」

「な、なんなんだよ、この主は……こんな事を考える子供なんていないだろ！　だから、悪魔だって言ってるのに……」

ルンルンと準備を進める俺の横で、床に膝《ひざ》をついてレオンは泣いていた。

◇　◇　◇

二日後、全ての準備が整い、ジルニア国から竜人国へ向かう飛行船に乗る。俺、アリス、ルーク、リク、アミリス姉さんは卒業旅行の目的地——竜王が治める竜人国ドラコーンへ出発した。

「……なんで、父さん達もいるの？」

何故か飛行船には、ジルニア国王家ご一行が乗船していた。

父さん、そして爺ちゃんが口々に言う。

「えっ？　そりゃあ、アキトが竜王様と戦うって聞いたからね。父として、息子がどう戦うのか見ておきたいだろ？」

「儂《わし》もじゃ」

というわけで……いざゆかん、竜人の国へ！

「とうちゃーく！」

僅か二時間程で、ジルニアからドラコーンに着いてしまった。

うん、だってこの数年の飛行船の開発は、これまでのジルニアの歴史に比べて超スピードで行われているからね。

魔道具の燃料となる魔石の産出量がトップである魔帝国が属国になったし、ジルニア国・魔帝国・神聖国の技術者が共同開発を行っている。そのおかげで、現在の飛行船と五年前の戦争で使われていたものは能力差が歴然だ。中でも、我がジルニア国産のものは技術が進んでいる。

飛行船の出来に満足して頷いていると、ふいに父さんに声をかけられる。

「あんなに竜王と会うのを嫌がってたのに、なんでそんなに楽しそうなんだ？」

「んっ？　まあアレだよ。レオンという道連れができたからかな？　お化け屋敷とか絶叫マシーンとか一人で行くのは怖いけど、二人で行けば大丈夫とかあるでしょ？」

本で読んだという体《てい》で、遊園地の事を解説してあげながら伝えると、父さんはなんとなく納得した様子だった。

父さんが何かを思い出したように尋ねてくる。

「そういえば、学園を卒業したって事は、アキトはこれからは自分の領地で暮らすつもりなのかい？」

「まあ、そうなるよね。一応、王都にも自分の家を用意してあるけど、大体は俺の領地であるクローウェン領のほうにいる事になると思う。そうはいっても【ゲート】の能力で簡単に行き来できるから、不便もないし平気だよ」

「そうだね。アレのおかげで、父さんも大分助かってるよ。魔帝国や神聖国にも行きやすいし、遠方の領地にも視察に行けるしね……アキトと主神様には助けられてばかりだ」

「家族なんだし、助けるのは普通だよ」

俺はそう言うと、父さんにニコッと笑ってみせる。

主神から突然贈られてきた能力、【ゲート】。俺はそれを利用して、ジルニア国・魔帝国・神聖国の重要な場所に扉を設置し、交通や流通のルートをより便利なものにして、各国の協力体制をより強固にしていたのだ。

◇◇◇

俺達が飛行船から降りると、竜王に仕えている竜人が迎えに来た。竜人国を案内してくれると言う。

俺を含む卒業旅行メンバーはそれについていく事にしたけど、竜人国に何度も来ている爺ちゃんと、旅行をするために来ている奴隷達とは別行動になった。父さん達も爺ちゃんについていくらしい。

竜人が頭を下げてきたので、俺達も挨拶をする。

「それでは、案内させてもらいますね」

「はい、よろしくお願いします」

そうして案内役の人に、竜人国の中でも一番栄えている、竜王が暮らす都を案内してもらった。

先に本で得ていた知識通り、竜人国は建物や食文化が和風っぽい国だった。その理由はアルティメシス様から聞いている。昔この世界に、竜人として転生してきた日本人がいて、長い時間をかけてここまで日本文化に近づけたんだとか。

「建物の造りとかがジルニアと大分違うね。ジルニア国は石造りだけど、竜人国は木造が多いね」

そう言ったのはルークだ。ルークの気付きに案内役の人が解説したけど、その説明は俺が知ってる通りの内容だった。

それから俺達は、竜人国に滞在する間にお世話になる宿へ連れてきてもらった。一旦《いったん》皆とはここで別れて、俺だけ案内役の人と共に、竜王が暮らす館へ向かう。

館《やかた》に到着した俺は、そのまま謁見《えっけん》の間《ま》のような所に連れてこられた。

そこには、上機嫌な竜王がいた。

「おお、よく来たな、アキト！」

「ええ、お久しぶりですね、竜王様」

「ふむふむ、以前見た時よりも強くなってるみたいだな」

「そりゃまあ、竜王様と戦う事になりましたからね。死ぬ気で鍛えてここに来ましたよ。数年間待たせたのに、流石に一瞬で決着がつくような味気ない試合はできないと思いまして」

笑顔でそう言ってみたが、本心は違う。俺が死ぬ気で鍛えてきた本当の理由は——ただただ自分の命を守るため。竜王の攻撃を防げるようにしておかないと死んでしまうからな。

「ほほう……それは、楽しみだな」

竜王は獲物を見つめる獣《けもの》のような目で、俺をひと睨《にら》みした。

こうして顔合わせを終えると、具体的な対戦方式などを話し合う事になった。

会場は竜人国でよく大きな催しものが行われる場所で、これまでも竜王が誰かと対戦する時にも使われてきたらしい。ちなみに会場には客を入れるとの事で、既に全席の観戦券が売り切れたと言われた。

「ちょっ、人が見に来るんですか!?」

「ああ、聞いてなかったか？　俺も部下から突然言われてな。俺が戦うんなら、皆に見せたほうがいいとなったんだ」

「マジかよ……」

竜王の言葉に、俺の気分はズーンと沈み込んだ。

いや、でもまあ、衆人環視《しゅうじんかんし》の中戦うのは俺一人じゃないし……そう思って気を取り直す。

「あっ、そういや竜王様。俺が送った手紙読みましたか？　俺の前にお仕置きの名目で戦わせたい相手がいるんですが」

「見たぞ。元魔帝国魔法騎士のレオンだろ？　噂は耳にした事があったからな。俺としても願ったり叶ったりの提案だよ」

「おお、それは良かったです。これでダメだって言われたら、どうしようかと思ってました」

前座のレオンの処刑は確実にやってくれるみたいで、俺は心の底から安堵した。

突然、竜王が口ごもりながら話しかけてくる。

「ところでアキト。前々から気になっていたんだが……」

「はい、なんですか？」

「なんで俺の名前を呼ばないんだ？　ずっと竜王様竜王様って呼んでるの、アキトだけだぞ？」

「えっ⁉」

俺は申し訳なさそうに伝える。

「あの、俺、まず竜王様の名前を知らないんですが……」

「んんッ⁉　そうだったのか？　いや、手紙に書いていなかったか⁉」

「えっ、手紙には『竜人国の王より』と書いていませんでしたか？　爺ちゃんからも教えられなかったですし……」

そう言うと、竜王は気まずそうな顔をした。

更に俺は続ける。

「それにほら、初めて会った時も竜王様が一方的に俺を知っていただけで、俺のほうは名前を聞いてませんよ」

「そうだったか……うむ、それじゃ改めて。俺の名前はドラゴヴェルス・ヴォル・ドラコーンだ。よろしく」

「は、はい……ドラゴヴェルスさん。よろしくお願いします」


その後、俺は宿へ戻り、卒業旅行メンバーの皆と合流した。竜王との話し合いの中で試合の日時が明後日《あさって》だと聞かされたので、明日は観光をしようと提案する。

ルークが心配そうに言う。

「僕達は大丈夫だけど、アキト君はいいの？　大事な試合を前にして、調整とかしなくて」

「大丈夫だよ。竜人国に来るまでに調整してきたから。それに、体に鞭《むち》ばっかり打っても仕方ないと思うんだよね。明日は一日楽しんでリラックスして、試合で全力を出したいんだ」

それから俺達は話し合いながら明日の行程を決めていった。

姉さんとアリスは港町で竜人国の特産品を買ったり食べたりしたいと言い、ルークとリクは図書館で竜人国にしかない書物を読みたいと言った。意見が二つに分かれてしまったな。

「それじゃ、午前中に図書館で本を読んで、午後からは港で買い物したり、料理を食べたりするってのはどうかな？」

俺が間を取ってそう提案すると、姉さん達もルーク達も賛同してくれた。

「あれ？　でもそれじゃ、アキト君の行きたい所は？」

ルークに尋ねられて、俺は答える。

「んっ？　ああ、俺も図書館に寄りたかったし、港町でこっちの国の料理を食べてみたかったんだ。両方のやりたい事を混ぜたのが、俺のやりたい事なんだよ」

「成程、そうだったんだね。なんだかアキト君らしいね～」

「そうだね。アキトちゃんって意外と欲に忠実だものね」

ルークと姉さんに、笑いながらそう言われた。

まあ、欲に忠実っていうのは合ってるかな？　だって、せっかく異国に来てるのに、どっちも楽しめないなんて嫌だしね。

そんな感じで明日の予定が決まり、俺達は宿にある温泉に入りに行った。

俺の家や、スルートの街にある温泉とはまた違ったお湯の質感で、肩まで浸《つ》かってしっかりと体の疲れを癒す。

ふと、ルークとリクからマジマジと体を見られているのに気付く。

「……前々から思ってたけどさ、アキト君って体つきいいよね」

ルークに言われて、俺は少し照れながらも応える。

「んっ？　まあ、エルフの血が流れてるからかな？　まあ、小さい時から鍛えてたしね」

「そうだけどさ、十五歳の僕達とほぼ同じってヤバいよ……」

「うん、それは思ってた。アキト君の横に立ってると、いつも同い年に見られてたからね……実際は、アキト君が五歳も下なのに」

ルークとリクは腑《ふ》に落ちない様子でブツブツと言っている。一方俺は友人とはいえ、男にずっと体を見られるのは嫌だったので、無理矢理別の話題に変える事にした。

その話題とは、恋愛についてだ。

「ところで、ルーク君にリク君。学園はもう卒業したけど、彼女はできたのかな？」

「アキト君、それは言っちゃだめじゃない？」

「そうだよ。自分だけ可愛い婚約者がいるからって、僕達を馬鹿にしちゃだめだよ」

俺の言葉に、二人は思った通りの食いつきをしてくれた。一気に話題を変える事に成功したな。

恋愛の話でワイワイと盛り上がった後、ルーク達から謝罪を要求され、ちゃんと「ごめん」と伝えた。

温泉から上がると、男子の部屋に戻る。部屋は男子と女子で別になっていた。

そして、明日は観光を満喫するために早起きしようと、すぐに寝たのだった。

翌日、俺は予定通りアリス達と観光にくり出した。

午前中は竜人国の国立図書館へ行き、色んな図鑑や専門書などを見た。この国にしかない学術書もあり、ルークとリクは思い思いに本を読んでいた。

一方、姉さんとアリスは小難しい感じの本にはそんなに興味がなさそうだった。そこで俺は二人を連れて、小説コーナーに向かい、良さげな本を選んであげて一緒に読んだ。竜人国というお国柄もあるのか、竜に関する物語がたくさんあった。どの話も迫力があり、読みごたえのある内容だった。こうして午前中は図書館にこもり、色んな本を堪能した。

昼過ぎから港町のほうへ向かった。港町が見えてきたところで、アリスが口にする。

「昨日、飛行船で空から見て思ったけど、ここの港街って賑わってるね」

「この街は竜王様が住んでいて、国で一番栄えてる都らしいから、色んな国から商人が来てるんだろうね。ほらっ、あそこにはジルニア国の商人もいるし、あっちには魔帝国、その向こうには神聖国の商人もいるだろ？」

見覚えのある国旗を指さして教えてあげると、アリスは感心したように「ほんとだ～」と声をあげる。様々な商人がお店を出している港街だけあって、見た事がない食べ物がたくさんあった。

「皆、人が多いからはぐれないよう気を付けるんだよ」

そう言いながら露店を回り始めた俺は、とりあえず腹ごしらえにと思って、いい匂いのしているお店を覗き込む。そして、そのまま人数分の食べ物を買った。それは見た事もない野菜や肉を串に刺して、焼いたような串焼きだった。食べてみると味も食感も凄く良く、皆で「他にも色んな物を買って食べてみよう」という事になり、各自たくさんのお店を巡り始めた。

「やっぱり、いつも見てる街とは違う場所って、新鮮で楽しいな〜」

ベンチで休んでいると、ルークがそう言ってきた。

リクが頷きながら言う。

「そうだね。アキト君が旅行先に竜人国を提案してくれて良かったよ。僕達だけだったら、ジルニアに近い国を馬車で見て回るような小旅行くらいしかできなかったと思うし」

「うんうん。アキト君のおかげで、見た事もない本にも出会えて本当に良かったよ。ありがとね、アキト君」

そう言うルークに続いて、アミリス姉さんとアリスも観光を楽しめた事に対して感謝の言葉を言ってくれた。

皆が楽しんでくれたみたいで安心し、俺もお礼を言う。

「俺こそ、個人的な用事で旅行先が決まっちゃったのに、皆に楽しんでもらえて良かったよ」

その言葉に、俺が竜人国を旅先に選んだ理由を思い出したのか、皆口々に励ましてくれる。

「明日は頑張ってね、アキト君」

「応援してるよ、アキト君」

「頑張ってね、アキトちゃん」

「皆で応援してるよ、アキト君」

陽が沈む前に宿へ帰ってきた俺達。晩飯を食べる父さん達と合流すると、その席で兄さんや母さん達からも、応援の言葉を貰った。

こんなに応援してもらったのに、呆気《あっけ》なく負けてしまったら申し訳ないな。明日の試合、どうしても勝利を掴みたい。最悪、勝てなくても引き分けに持ち込もうと決意する。

そして一人で風呂に入った後、俺は明日の試合の最終調整をするために、宿の庭で魔法のチェックをする。

すると、アルティメシス様が突然現れた。

俺が「何か用ですか？」と尋ねと、逆にアルティメシス様があたふたとする。

「あっ、いやね。一応、明日の竜王との試合、見に行くよって言っておこうかなって」

「あっ、そうなんですね。まあ、わざわざ言わなくても、アルティメシス様なら来るだろうなって思ってましたよ。どうせ、戦神様も来るんですよね？」

面白好きな主神と、戦闘好きの戦神。このペアは頻繁《ひんぱん》に地上に来ている。アルティメシス様はぼっちである事を嘆いていたけど、戦神と共通の趣味ができて主神はぼっち神を卒業できたみたいだな。

俺はため息を吐きながら言う。

「まあ、アルティメシス様を含めて、皆さんが退屈しないように頑張りますよ。これでも、主神様達の加護のおかげで、色々と強くなれましたしね」

「うん、楽しみにしてるよ」

アルティメシス様は本当にその事だけ伝えに来たみたいで、話が終わると姿を消した。

庭での調整を終えた俺は宿に戻り、眠りにつくのだった。

第6話　対、竜王ドラゴヴェルス

今日は、ここ最近で一番、スッキリと目覚められた。

朝から頭も体も冴《さ》えていて、ちょっと運動をしただけで最高のコンディションだと分かる。

「よし、これならいい試合ができそうだ……っと、その前に最後のステータスチェックをしておかないとな」

ウォームアップした後、俺はベンチに座り、ステータスを開いた。

名　前　：アキト・フォン・クローウェン
年　齢　：10

種　族　：クォーターエルフ
身　分　：王族、公爵
性　別　：男
属　性　：全
レベル　：179
筋　力　：11789
魔　力　：21478
敏　捷　：10245
運　　　：78
スキル　：【鑑定：MAX】【剣術：MAX】【身体能力強化：MAX】
【気配察知：MAX】【全属性魔法：MAX】【魔法強化：MAX】
【無詠唱：MAX】【念力：MAX】【魔力探知：MAX】
【瞑想：MAX】【威圧：MAX】【指揮：MAX】
【付与術：MAX】【偽装：MAX】【信仰心：MAX】
【錬金術：MAX】【調理：MAX】【手芸：MAX】
【使役術：MAX】【技能譲渡：MAX】【念話：MAX】
【木材加工：MAX】【並列思考：MAX】【縮地：MAX】

固有能力：【予知：ＭＡＸ】【咆哮：ＭＡＸ】【幻術：ＭＡＸ】
【超成長】【魔導の才】【武道の才】
【全言語】【図書館ＥＸ】【技能取得率上昇】
【原初魔法】【心眼】【ゲート】
称　号：努力者　勉強家　従魔使い
魔導士　戦士　信仰者
料理人　妖精の友　戦神
加　護：フィーリアの加護　アルティメシスの加護　アルナの加護
ディーネルの加護

俺主催の大会を終えたあの日から、俺は更に強くなるべくレベル上げに専念し、レベル２００を目指していた。しかし圧倒的な加護の力をもってしても、そう簡単にレベルを上げる事はできなかったんだよな。

まあ、それには理由があって、学生であり、一国の王子でもあり、更にクローウェン領主という立場である俺にはとにかく時間がなかったんだ。学園を卒業するまで、レベル上げに時間を割けたのは、良くて週に半日程度だったからな。

「同じ王族でも、さっさと引退した爺ちゃんは、自由にしてるのがムカつくな……」

この四年で爺ちゃんは、２００後半までレベルを上げている。元々、爺ちゃんは暇さえあれば迷宮にこもったり、色んな場所で戦っていたりしたし、主神を初めとする神様達が、加護をたくさん与えたんだよな。

まあ、爺ちゃんに加護が与えられたのは、俺にも責任があるのだけど。

というのも――

「この四年間で、俺に加護を与えてくれる神様もたくさん増えたんだよな……」

俺に加護を与えたついでに神様は爺ちゃんにも目をかけ、爺ちゃんも加護が与えられる事になったというわけだ。

具体的には火を司《つかさど》る神・フィオルス様、風を司る神・ルリアナ様、大地を司る神・オルム様。なお、三人の神様は、主神からの紹介ではなく、妖精王のフレアさん経由で知り合った。

この神様達はそれぞれの属性魔法の強化と、能力値の強化という加護を与えてくれた。更に爺ちゃんには、俺にはない水の神の加護が与えられている。何故俺に水の神様の加護がないのかというと、そんなに水属性の魔法を使わないからだ。

「はぁ……でもこれだけ力があっても、竜王に勝てる気がしないんだよな……あの強者って感じのオーラがどうにも……」

っと、駄目だ駄目だ！　もうここまで来たんだから、腹を括《くく》るだけだ！　それに俺だけが戦うわけではない。一緒に死地《しち》に行く者（レオン）がいるんだ！　ビビッてないで楽しむつもりで……

そう自分を鼓舞《こぶ》する俺の頭に、戦意に満ちた竜王の姿が浮かんだ。

「うん、楽しむはないかな……」

思わず自分でツッコミを入れつつ、宿の中へ戻った。


朝食時は、アリスや母さん達から改めて激励《げきれい》の言葉を貰った。そこで戦うという気持ちが改めて固まり、俺は皆と一緒に会場へ向かう。

会場は既にたくさんの人で埋め尽くされ、中に入るために長蛇《ちょうだ》の列ができていた。

俺は出場者、俺以外のみんなは関係者という事で、揃って裏口から入る。俺はメインステージに出るために、みんなとは別の部屋に案内された。

するとそこには、既にレオンが装備を身に着けて待っていた。

俺は少しだけホッとして声をかける。

「お～、レオン。逃げずに来たんだな」

「当たり前だ！　娘のレオーネから『パパ頑張ってね！』って言われたんだ。逃げられるわけないだろ！」

「……そんな涙目で言われてもな」

その後、俺とレオンは互いに言葉を交わす事もせず、刻々と迫る戦いに備えて、ジッと待った。

待機し始めてから三十分程が経ち、俺達の待合室に係の人がやって来た。俺とレオンは重い足取りで試合会場へ向かう。横を歩くレオンをチラッと見ると、死んだような表情をしていた。俺は思わず声をかける。

「おい、レオン。負けてもいいが、直ぐには負けるなよ。娘が誇れる父親として死ぬんだ」

「分かってる。それと、俺は死なん！　レオーネの成長を見守るんだ」

能面みたいだったレオンの顔に、少しだけ感情が戻ってきたように見えた。

それに、ガチガチに緊張しているレオンを見た事で、自分の緊張もちょっと解《ほぐ》れた気がする。そうなってくると、横にいるレオンの緊張具合がまだまだヤバいのが気になってきて、手助けをしてやろうという気持ちになった。

「レオン、これから戦う相手は、これまでの相手とは比べ物にならないってのは分かってるよな」

「当たり前だ」

「ならさ、逆に気楽に行ったらどうだ？　竜王の本来の目的は俺だから、お前は前座に過ぎない。さっきは大げさに死ぬとか言ったけど、竜王もそこまで馬鹿じゃないだろうしな」

「……散々煽《あお》ってたアキトがそれを言うかよ」

「まあ、お仕置きには変わりないからな。嫌がってもらわないとお仕置きにはならないだろ？」

そう言うと、レオンはようやく笑みをこぼし、多少ながらも緊張が和らいだ様子だった。つられて俺も、少しは緊張を解す事ができた。

そのまま通路を歩いていき、会場のゲートをくぐって外に出る。するとその瞬間、会場中から大きな歓声が響いた。

俺は驚いて声をあげる。

「うっひゃ〜。聞いてはいたが、本当に満席なんだな……」

「みたいだな。この人数に負ける姿を見せる事になるのか……まあ、気にする必要はないか……」

先程の俺の言葉が効いているのか、レオンは何処か吹っ切れた様子で言うと、一緒に会場の中心へ向かう。

そこには、仁王立《におうだ》ちをした竜王が待っていた。

「この日がどれだけ楽しみだったか。奴の孫というだけでも興味をそそられる上、更に神々から加護を貰っていると聞いたぞ。さあ、早くやろうか、アキト」

「……そ、その前にレオンですよ。こいつもこの数年で強くなったので、楽しめると思います」

「ほう……神の加護に、ふむ、妖精族と契約もしておるのか、これは楽しめそうだな」

俺にばかり興味を向けていた竜王だが、レオンにも興味が湧いたようだ。

「それじゃ、先にレオンと竜王様の試合をお願いしますね」

そう言って俺は、転移魔法で速やかにその場を離れ、観客席に確保しておいた席に移動した。

残されたレオンは、天を見上げてブツブツとお祈りをしている。

アリスが心配そうに言ってくる。

「アキト君、レオンさん大丈夫かな？」

「まあ、負けはするだろうけど、直ぐにやられはしないかな。あれでも一応、俺の奴隷の中ではトップクラスの強さだしね」

俺は、アリスを安心させるためにそう言いながらも内心はできるだけ長く戦ってくれよと思っていた。


そうこうしているうちに試合の準備が終わったみたいで、竜王とレオンがお互いに距離を取った。

「それでは、これより竜王様対レオンの試合を開始します」

司会の人がそう言うと、観客席が一気に盛り上がった。

歓声の中、開始の合図であるドラムが鳴らされる。

その瞬間、レオンと竜王は互いに見《けん》に回る事もなく、いきなり接近戦を始めた。

試合を見て、アリスが驚いた様子で声をあげる。

「わぁ、凄いよ、レオンさん。あの大きな人と殴り合ってるよ！　レオンさんって魔法使いなんじゃなかったの？」

「昔は魔法使い寄りだったけど、ここ最近は体を鍛えてたみたいだな。まあ、ジルの影響だろう。前にジルの体を見たレオーネが『カッコいい』って言って、それからレオーネが見てないとことで体を鍛えてるって、クロネが言ってた」

「あはは。レオンさんって昔はクールなイメージだったけど、今じゃ親馬鹿って感じだよね」

アリスのその言葉に、近くに座っていたクロネが「家じゃもっとヤバいわよ」と会話に入ってくる。

「一度、レオンが、レオーネが大切にしてる人形を踏んだ事があるのよ。そしたら、レオーネが怒っちゃってね。『嫌い』って言われて、心折られてたわ」

「あ～、あったあった。あの時のレオンの落ち込みぶりは相当ヤバかったな。それは小さい時の話だけど、今でも相変わらず父親を操ってるな、レオーネは」

「うん。でも、やりすぎたらママに怒られちゃうから、程々にしてる～」

レオーネのませた言葉にニヤニヤしていると、ふいに観客席がドッと沸いた。

何かあったのか!?　と会場を見ると、レオンが竜王の顔に一発入れて、竜王がよろけているところだった。

「レオンやるな。あの竜王に一発入れるなんて」

「えぇ。強くなったのね、レオン」

夫であるレオンの成長ぶりに、クロネは感心した様子だ。

一方俺は、竜王から嫌なオーラを感じ取っていた。すると次の瞬間――レオンは会場の壁に埋まっていた。

拳を前に突き出した状態で、竜王が慌てて叫ぶ。

「あっ、やりすぎたッ！」

俺も流石に今のはヤバいんじゃないかと焦り、転移魔法でレオンが埋まった穴の所に行く。

レオンは咄嗟《とっさ》に防御をしていたみたいで、腕が折れる程度のダメージで済んでいた。防御をしていなかったら、たぶん命に関わる重傷を負っていただろう。

「よく戦ったな、レオン」

「まぁな。一応、お前の面子《めんつ》を守れたか？　一発入れたしよ……」

「ああ、守れたよ。後はゆっくり休め」

俺がレオンの折れてる腕の治療をすると、レオンは笑いながら気を失った。あの竜王相手にちゃんと戦ったんだ。今は休ませてやろう。

気絶したレオンを救護班《きゅうごはん》に渡し、俺は竜王を見つめる。

……死にたくないな〜。

竜王が口を開く。

「すまなかったな、つい熱くなっちまって。少し本気を出してしまった」

「いえ、大丈夫ですよ。レオンも咄嗟の判断で軽傷で済みましたから」

骨折したとはいえ、竜王の本気をまともにくらって死ななかったのだから、軽傷で済んだという扱いにしておいて構わないんじゃないかな。

◇　◇　◇

その後、俺はウォーミングアップのストレッチをし、竜王と向き合って距離を取る。

直ぐに合図が鳴り、俺と竜王の試合が始まった。

竜王が一歩前に進んだと思った瞬間——彼奴《きやつ》は俺のすぐ目の前にいた。

そして開始早々、強大な威圧を放ちながら拳を振りかざしてくる。

「ッ！　なんちゅ〜、馬鹿げた威圧だよッ！」

真っ向勝負で来ると四年の間に新しく獲得していたスキル【予知】で分かっていた俺は、拳が届く前にこれも新しいスキルである【縮地】で竜王の後ろに回り込んだ。そして直ぐに【身体能力強化】で全身を強化し、【幻術】を使用して魔力まで全て一緒の俺を複数人作り上げた。なお、【幻術】も新しく手に入れたスキルである。

「アキト、やっぱりお前は面白い奴だな」

竜王は楽しそうに笑うと、【幻術】で作った俺達を一人一人倒していった。

しかし、全ての俺を倒してもその中に本体はいない。

「ッ！　ハハッ、流石だぞアキトッ！」

【幻術】で偽物を作った俺は、更に【幻術】を使って魔力の気配をできる限り消し、上空へ移動していたのだ。

「オラッ、死んだレオンの仇《かたき》だぁぁぁぁッ!!」

実際は死んでないけど……気分任せにそう叫びながら、俺は魔力を極限まで溜めた最大級の魔法を竜王に向けて放つ。

その魔法がヤバいと感じ取ったのか、竜王は自らの体を竜へ変化させて、ブレスを放ち、俺の魔法と相殺《そうさい》させる。

「まだまだッ！　オラオラオラッ！」

それも織り込み済みだった俺は驚きもせず、魔法を竜王へ放ち続ける。

さっきの試合でレオンは接近戦に持ち込んだが、俺は魔法戦を選んだ。レオンが接近戦を選んだのは、接近戦に自信があったからだろうが、俺はまだ成長期で体ができあがっていない。下手に接近戦をするよりも、得意な魔法で勝負したほうが良いのだ。

「ハァハァハァ……」

「もう終わりか？」

「なッ！」

俺の放つ魔法が途切れたほんの僅かな一瞬で、竜王は俺の真横まで来ていた。そして、その巨大な翼で、俺を地面へ叩き落とす。

「グッ！」

なんとか受け身が取れたので、ギリギリ怪我をせずに済んだ。しかし空を見上げると、竜王は既にこちらに向けてブレスを放つ準備をしている。

俺は感情的になって叫ぶ。

「ここまで来て、はい、負けましたって負けれるかよッ！　こちとら家族、友達、配下、それに婚約者にも見られてんだ！」

妖精王のフレアさんから特訓を受けた時、「攻撃こそ最大の防御だぞ！」と教えてもらった。

俺はその教えに従って攻勢に打って出るべく、【原初魔法】の攻撃魔法【大地《だいち》の化身《けしん》】で巨大なゴーレムを作り上げ、ひとまずブレスを受け止める。

「今度は、こっちから行きますよ、竜王様ッ！」

「来い、アキトッ！」

【縮地】で竜王より更に上に移動し、続けて【原初魔法】を使用する。

破壊力最大級の魔法――【流星群《りゅうせいぐん》】だ。

竜王は、降り続ける流星のような攻撃魔法群に対し、ブレスを放ち続ける。

くそ、これを凌《しの》がれたら、残り魔力のない俺の敗北が決定してしまう。

なんとか押しきって見せるッ！

そう意気込んだが――突然プツリと俺の視界は真っ暗になった。

目覚めると――俺は空を見上げていた。視界の端には、俺を見下ろす竜王がいる。俺は竜王に尋ねる。

「……俺は、負けたんですか？」

「ああ、最後はアキトの魔力切れだったよ。だが、最後の魔法は凄かったぞ、久しぶりに〝負け〟という言葉が頭をよぎった。まあ、結果は俺の勝ちだったがな」

ガハハと笑う竜王。

その後、俺は意識を失った後の事を聞かされた。魔法を放った後、俺は頭から地面に落ちていき、竜王に受け止められたらしい。

戦い自体は時間にすれば数分で、観客席では俺の家族が取り乱しているとの事。

「せっかくの試合中に迷惑をかけてしまい、すみません」

「んっ？　謝る必要はないぞ。アキトが全力で相手をしてくれた結果だろ？」

俺としては申し訳なかったが、竜王は「何を言ってるんだ？」という顔をしていた。

第7話　負け組三人衆

竜王に負けた翌日——俺は宿のベッドに横たわっていた。

アリスやルーク達からは遊びに誘われたが、気分が優れないからと断った。

「負けたか……」

体調は悪くないのだが、気分は落ち込んだままだった。

「勝てないと分かっていたけど、負けたのは悔しいな……」

すると、ふいに声がする。

「珍しく、アキトが落ち込んでおるのぉ」

声のしたほうを見ると、爺ちゃんが立っていた。俺は爺ちゃんに向かって告げる。

「……爺ちゃん、今日は一人にしてくれないかな？」

「んっ？　負けて悔しがってると思って、励ましに来たんじゃよ」

爺ちゃんはケラケラとそう言いながら、露店で買ってきたという串肉を一本渡してきた。

俺は「ありがと……」と言って受け取る。

「どうだった？」

爺ちゃんが聞いてきたのは、昨日の竜王との試合についてだ。

俺は悔しさをにじませながら答える。

「……強かった。俺がこの世界で戦ってきた相手の中で、一番強いと感じたよ」

「そりゃそうじゃ。なんたってあの竜王は、儂よりもずっと昔に生まれ、神々の加護も儂以上に持っておる奴じゃからな。儂も何度も挑んでは負け続けておる」

爺ちゃんが何度も竜王に挑んで負けているのは以前から聞かされていた。

俺は直球で尋ねる。

「なんでそんなに負けてるのに、戦いを挑み続けられるんだ？」

「んっ？　そんなの勝ちたいからに決まっとるじゃろ。儂だって、いつまでも負け続けるのは性《しょう》に合わんからのう。アキトが生まれて以来、儂の成長速度も再び上がっておる。近々《ちかぢか》、竜王にまた戦いを挑むつもりじゃよ」

勝ちたいから挑む、爺ちゃんの答えは凄く明白だった。

そうだよな……負けたら悔しくて、次は勝ちたいって思うのが普通だよな。

「爺ちゃん。今回は竜王が俺に目をつけて戦いを挑んできたけど、今度は俺がより強くなって、自分から戦いを挑むよ」

俺がそう言うと、爺ちゃんはニカッと笑った。そして、大きな手で俺の頭をワシャワシャと撫で、「儂と一緒に強くなろうな」と言う。

俺は「今度こそ竜王に勝つ！」と決意を固める。

「っと、そうと決まれば爺ちゃん、対竜王戦のために特訓しようか！　時間は有限だし、こうしている間にも竜王は強くなってる気がする」

「そうじゃな、確かこの竜人国にも迷宮があったはずじゃ。一緒に行ってみるか？」

「うん、行こう！　そうだ、レオンも連れていってもいいかな？　俺と同じく、負けて悔しがってると思うからさ」

「うむ、負けた者同士で迷宮探索じゃな！」

というわけで、俺は爺ちゃんと一緒にレオンの所にやって来た。案《あん》の定《じょう》、負けて悔しかったのだろう。レオンは俺と同じように一人でベッドに横になっていた。

「よう、レオン。迷宮探索に行こうと思うんだが、お前も来るか？」

「……はぁ、休暇なのに休ませてくれないのかよ？」

「別に来たくないなら来なくてもいいぞ？　お仕置きは昨日の戦いで終わってるからな。ただ俺は負けっぱなしは嫌だから、竜王との再戦のため強くなるつもりだ。お前はどうする？」

「それを言われたら、俺もやらないわけにはいかないだろ？　俺も惨敗だったんだからな。まあ、そっちの爺は何度も負けてるだろうけどよ」

レオンがベッドから起き上がりながら言うと、爺ちゃんが返答する。

「ふっ、儂はもう何百回と負けておるぞ。ただ勝つまで戦い続けるがのう」

俺は笑みを浮かべて告げる。

「なら、レオンも参加ね。よし、それじゃ負け組三人衆で迷宮探索へ行くぞ〜」

俺とレオンは爺ちゃんに掴まり、転移魔法で迷宮へ移動した。

◇　◇　◇

早速やって来た迷宮に出る魔物はアンデット種だと、爺ちゃんから教えられる。

「アンデットって事は、スケルトンとかが出るの？」

俺が尋ねると、爺ちゃんは何故か嬉しそうに答える。

「ふむ、下位のスケルトンから上位のスケルトンまで多種いるぞ。中でもスカルワイバーンは強敵で、竜王戦対策には良き相手じゃ」

「竜種のスケルトンが出るのかよ……いやでも、あの馬鹿げたブレスへの対抗策を考える事ができるのか」

レオンの意見に爺ちゃんは頷く。

「うむ、そういう事じゃな。儂も何度もこの迷宮に足を運んでは、竜王戦に向け試行錯誤を繰り返しておるんじゃよ」

そんな感じで俺達は迷宮へ入り、奥へ向かっていった。

道中、出てきた魔物は全て倒した。少しでもレベルの足しになればと思い狩っていたら、それだけで既にレベル２程上がった。

「もしかして、ここの迷宮の魔物って経験値おいしいの？」

俺が問うと、爺ちゃんはニヤニヤしながら言う。

「気付いたようじゃな？　そうじゃよ。ここは強い敵が出てくる事もあって、経験値がたくさん手に入るんじゃ。主神様の加護を貰った後、アキトに内緒でここに通っていたんじゃよ」

「……だから、一気にレベルの差が開いたのかよ。こっちが必死に魔物狩って、爺ちゃんに追いついたかなって思うと、更に上に行ってるから怪しいって思ってたんだよ！」

それから、俺はなるべく爺ちゃんに経験値がいかないよう、レオンと協力して魔物を倒しまくった。しかし、そのせいで爺ちゃんに我慢の限界が訪れたようで、俺達より前に出て魔物を倒し始める。爺ちゃんに対抗し、俺とレオンは更にがむしゃらに前に出て魔物を狩りまくる。

――そんなこんなで三人の仲は険悪になり、争うように魔物を狩りまくったのだった。


俺達三人がそれぞれ無双した結果、スカルワイバーンが生息する階層まで一気にたどり着いた。

本来であれば、数日かけてようやく来られる階層らしいが、互いに競い合ったおかげで、探索開始から二時間程で到着してしまった。

「流石にこの化け物三人衆だったら、迷宮攻略も大した事ないな」

「そうじゃな。全員が前衛・後衛両方できる者で、魔物を一匹でも多く倒そうと奮起したから、いい具合にカバーし合っていたしの」

「そうだな。気付けばいい感じに助け合えてて途中から、あれ、競ってなかったっけってなってたもんな」

レオンに続いて爺ちゃんが言い、最後に俺が話した。

当初、競い合っていた俺達だが、誰かの魔法が遅れたらカバーしたり、耐性がある魔物に魔法が弾かれたら近接していた誰かが魔物を物理攻撃で倒したりと、連係プレイするようになった。そのおかげで、俺のレベルは10程上がり、レオンも少しレベルが上がったようで嬉しそうにしている。

というわけで、ここからが本番だ。

俺は二人に声をかける。

「さてと、目的のスカルワイバーンが生息する階層だし、ここからは真面目に、対竜王戦を考えて行動しよう」

「うむ、そうじゃな。儂も無双して遊ぶより、竜王戦で勝利を掴む事を目指したいしの」

「俺もだな。負けっぱなしは正直嫌だし、娘の前で負けたままってのもなんだしな」

それから俺達は、竜王と戦った時の印象について述べ合い、ちょうど現れたスカルワイバーンを竜王に見立て、どんなふうに戦えば勝てそうかという方法を試していった。

爺ちゃんは超高速移動しつつ、多方面から全力で魔法を撃ち続けた。

レオンは、身体強化を駆使し、隙をついて魔法を撃った。

俺は昨日の試合でいいところまでいった超火力で魔法をぶつけた。

それぞれの案を整理し、俺は意見を言う。

「まず、俺のやり方はレオンには無理だな、魔法でのタイマンは【原初魔法】でやっとだったし」

「つまり、さっきアキトが使っていたような魔法を連発するって事だよな？」

「いや、さっきより威力の高いやつだよ。俺と爺ちゃんは、妖精王に加えて次期妖精王とも契約してるから、魔法の中でも最強格の【原初魔法】が使えるんだ」

「ほう、名前からして物騒だが、どんな魔法なんだ？」

そういえばレオンは竜王戦で気絶していたから、見ていないんだっけ。

俺と爺ちゃんは揃って、さっきのスカルワイバーン戦では使わなかった【原初魔法】を見せた。スカルワイバーンに【原初魔法】を撃っていたらすぐ倒してしまうので、戦法の披露ができないからやめておいたのだ。

それを見たレオンは固まってしまった。数分後、意識を取り戻したレオンに「あんな魔法でも竜王に勝てないのか!?」と聞かれ、俺と爺ちゃんは面目ない感じで頷いた。

「ヤバすぎだろ……」

「うむ。じゃが、昨日のアキトの試合を見てていけそうだと思ったぞ。連発できれば勝機はあった気がするのう」

爺ちゃんに続いて俺が言う。

「うん、魔力量自体を上げるか、消費量を抑える特訓をすればいけそうって感じはしたね」

「えっ、ちょっと待てよ。アキト、勝てそうなところまでいったのか!?」

「ああ、最後の最後に【原初魔法】でブレスを相殺して、少しだけ追い込む事ができたんだよ。ただ、魔力の消費が激しくて、気絶して試合に負けたんだ」

「マジかよ。えっ、爺さんもそこまでいけた事あるのか？」

「儂はないぞ。ここ数年はずっと特訓をしておったからのう」

爺ちゃんはそう言うけど、ここ最近の爺ちゃんなら、意外といい勝負をするんじゃないか？

そう思った俺は、爺ちゃんに「勝負挑まないの？」と質問をした。

「……自信がないんじゃよ。前回、ボコボコにされてのう。アキトの戦いを見て、儂もいけそうな気がしたんじゃが、やっぱり心配なんじゃ」

「……爺ちゃんが好戦的じゃないの、なんか変な感じだね」

「儂だって、いつも戦いたいと思っとるわけじゃないぞ？」

「「えっ？」」

爺ちゃんの弱気な発言に、俺とレオンは綺麗に声を揃えて反応した。

あの爺ちゃんが、戦いを考えない時がある？

俺は挑発するように爺ちゃんに尋ねる。

「もしかして爺ちゃんさ、竜王に勝負挑むのが怖いの？」

「なっ!?　そ、そんな事はないぞ!?」

「いや、だって今の言葉を聞いたらそう思わされるよ。なあ、レオン？」

「ああ。あの戦闘狂がそんな弱気とはな……」

爺ちゃんは俯いてプルプルと震え出した。

そして次の瞬間、魔力を一気に放出する。

「アキト、レオン!! お主ら、儂が腰抜けと思っとるんじゃな？ 儂は竜王に確実に勝つために、特訓をしておったんじゃ！ それを証明してやる！」

爺ちゃんはそう言うと、転移魔法でその場から消えた。

一瞬の出来事に呆気に取られる俺とレオン。そして爺ちゃんの魔力の気配が竜王の城にある事に気が付いて、慌てて転移で追いかけた。

◇　◇　◇

「ドラゴヴェルス！ 儂と勝負をするんじゃ！」

俺達が城に着くと、爺ちゃんが竜王にそう宣言している真っ最中だった。

竜王は面白そうに頷く。

「いいぞ。今回、アキトと戦うのも楽しみだったが、リオンと戦うのも楽しみにしておったんだ。いつもなら勝負を挑んでくる癖に観戦していたから、てっきり俺と勝負するのはもう諦めたのかと思ってたぞ？」

「儂が諦めるわけがないじゃろ！　さぁドラゴヴェルス、今から勝負じゃ！」

竜王相手に爺ちゃんは、そう言い放った。

一時間後、昨日俺達が戦った会場で、爺ちゃんと竜王の戦いが行われる事になった。

第8話　リオンの思い出

数百年前、儂——リオンは森の奥地にある、小さなエルフの集落で生まれた。

なんの変哲《へんてつ》もないエルフの子として生まれた儂は、仲が良い両親のもとで平凡に暮らしておった。

「リオン、今日も来たのか」

「うん、仕事はちゃんと終わらせてきたよ。なので、今日も指導をよろしく」

ただ周囲と違って、儂は幼い時から魔法に興味を示しておった。そして、村で一番の魔法の使い手である族長に指導してもらっておったのじゃ。

しかしそんな日々も退屈だと感じるようになった。そのため儂が生を受けて百年程が経った頃には、族長から得られる知識を全て吸収し、儂は一人で魔法の研究をするようになったのじゃ。

「……魔法を研究するのは楽しいけど、研究した後に実践する機会がない……」

この時の儂は、村の外に出る事はあっても、森の外まで出た事がなかった。それは集落には〝森の外に出てはいけない〟という掟《おきて》があったから。儂の集落には〝世界樹様《せかいじゅ》〟と呼ばれる聖なる大木《たいぼく》が生えており、それに仕え、守る事が儂ら一族の役目とされておったのじゃ。

本には、森の外にはたくさんの人がいて、たくさんの国があると書いてあった。更に興味をそそられる事には、たくさんの〝職業〟があるとも記されておった。旅人になれば世界を回って更に知識を得て、魔法を実践する事もできるらしい。

飽きつつも魔法の研究を続け、それから五十年の歳月が経ったある日――儂は族長の家を訪ねる。

「長《おさ》、話があるんだけど」

儂は族長に対し「このまま村にいれば自分が腐ってしまう」と話し、村の外へ旅に出たいと願った。しかし、族長はカンカンになって怒った。

「駄目じゃ！　村の掟は知っておろう！　儂らは、世界樹様の守り人として、この地から離れる事は許されておらん」

「知ってるよ。だから、その世界樹様を作った神様に、俺らエルフの集落の存在は必要なのか聞いたんだ。そしたら見守る者は必要だけど、人数は村丸ごと一つ分もいらないってさ」

「なッ⁉　リオン、お主、神様に会ったというのか⁉」

族長はギョッとした様子だった。儂は更に説明してやる。

「ああ、暇だったから【信仰心】のスキルを取って、生命を司る神に声をかけ続けたら応えてくれたんだよ。ちなみに、俺が集落を出る話についても了承は貰った。長《おさ》も神様の声が聞こえるんだったよな。聞いてみたらどうだ？」

そう儂が言うと、族長は信じられないといった顔を見せたが、祭壇《さいだん》に向かって祈りを捧げ出した。

そして数分後、驚いた声をあげる。

「ほ、本当じゃった……じゃがな、リオン。お主を村の外に出すわけにはいかん。掟だからな」

「うん、そう言われると思ったから、神様から先に了承を得たんだよ。たかが村限定の掟と、神様の言葉じゃあ、どっちに従えばいいか誰でも分かるでしょ？　というわけで、俺はこの村を出るよ。死ぬまで森の中で暮らすなんて、退屈すぎて死んじゃいそうだからね」

儂は最後にそう言い放ち、既に準備していた転移魔法で村の外へ移動した。

そして村を取り囲んでいる森の中を、一直線に走り出す。木々が段々と少なくなっていき、遠くに光を感じる。そのまま真っ直ぐに走り抜けると、儂は森を出た。

百五十年と少しの森暮らしが終わり、念願の旅人になれるのじゃ。

「ッ！　俺は自由だぁぁぁぁぁぁぁ!!」

儂は腹の底から叫んだ。

その日は興奮しながら空を飛び回ったり、魔物を狩ったりしながら人のいる所を探した。道中、見た事もない魔物に出会っては、殺した後に生態を調べてみたりもした。

旅の初めの頃の儂は〝戦闘狂リオン〟という通り名ではなく、ただの〝旅人エルフ〟と呼ばれておった。その後色んな物事に興味を示していた儂は、いつしか冒険者という肩書になり、〝博学エルフ〟という通り名を周りからつけられておった。

あの頃の儂は、戦う事より、外の世界について調べる事に興味があったんじゃ。元々魔法に適性がある上、幼少期から魔法を研究してきた儂は、直ぐに冒険者として大成した。

「リオン、また迷宮を一人で攻略したんだってな？」

「ああ、ちょっと調べたい事があってな。調べてたらいつの間にかボス部屋に着いてて、そのまま攻略してきたんだよ」

十年も冒険者をしているうちに、周りにも深く関わる者達が増えてきた。馬鹿にしてくる者もいれば、儂の事を気に入ってくれる者もおった。この頃は研究家気質だった儂じゃが、気さくに声をかけてくる奴らとつるむ事は好きで、酒を飲んで酔いつぶれた事もたくさんあった。

そんな日々を楽しいと感じながらも、いつの間にかまた心の中で飽きを感じるようになった。

「何故、この思いが？」と悩み続けた儂は、ふとある事に気が付いた。

「俺、戦ってる時が一番〝生きてる〟って感じてるんだ……」

魔法の研究、生物の研究、薬学の研究……色んな物事に対して探求心を燃やしていた儂じゃったが、心の底で何処か「これは違う」と感じていた。そして、「戦いたい」が自分の真の気持ちだと気付いた儂は、探求心を捨てた。

それから儂は安全な街で暮らすのではなく、戦いを求める旅を始め、行く先々で様々な強者と戦った。

強いと噂されていた、山岳地帯に住むブラックベア——

「グギャァァァッ!!」

「弱い」

生贄を捧げさせている大蛇——

「シャ、シャァァァ……」

「弱い」

大盗賊と恐れられていた男——

「クソッ！　この化け物がッ！」

「弱い」

儂は圧倒的な強さを持ち、敵などいなかった。だから傍《はた》から見れば、簡単すぎて楽しくなさそうに見えたかもしれん。じゃが、以前までの研究ばかりの日常よりも、儂は充実しておった。

街に戻れば声をかけられるようになった。

「リオン、今日も大物狩ってきたんだな」

「リオンさん、街を出たら絶対大物狩ってきますよね。ほんと、戦いが好きなんですね」

十年程そんな生活していたところ、研究家として見られる事はなくなり、いつの間にか〝戦闘好き〟と呼ばれるようになっておった。〝戦闘狂リオン〟の通り名がついたのもこの頃じゃ。

「適当にブラついてたら強そうな匂いがしたからな。まあ、弱かったけど」

儂は街の者達にそんなふうに応える。

すると、顔見知りの情報屋が声をかけてきた。

「か～、流石〝戦闘狂リオン〟だなッ！　っと、そんなリオンにいい情報が入ったぜ」

興味を持った儂は、料金を払って情報を聞く事にした。

「なんでも、厄介なジルニアを潰そうって、周辺国が同盟を結んで攻めるみたいだぞ」

「……ほう。という事は、これまでの一対一の構図ではなく、ジルニア国対同盟国となるのか」

「ああ、ジルニアにはあのお姫様がいるが、同盟国にはリオンの興味をそそるような強い奴らが揃ってるみたいだぜ」

「……ジルニアは確か、傭兵《ようへい》を募集していたよな？」

情報屋の言う通り、当時の儂はジルニアにいる〝戦姫《せんき》リアナ〟――現在は儂の妻でもあるリアナに興味を抱いていた。じゃが、それ以上に周辺国に属している強力な兵士共と戦ってみたいという願いがあった。

なので、戦争によってそんな奴らと一度に戦えると聞かされた儂は、湧き立つ思いを抑えきれなかった。情報屋に頼んで手はずを整えてもらい、ジルニアの傭兵として戦に参加する事にしたんじゃ。

いくつかの戦闘を経て強さを認められ、儂は、作戦会議に参加させられた。そこで初めてリアナと出会った。

そして会議の後、儂はリアナに呼び出される。

「あなたが噂の〝戦闘狂リオン〟なの？」

「俺も姫様の噂は聞いてるよ。姫なのに戦場を駆け回ってるって、凄いな」

「それ程でもないわ。戦わないと死ぬのが今の時代。姫だからって剣を持たずに怯える生活は嫌だもの」

リアナは噂以上の美しさで、その上当時の儂が互角だと思わされる程の強さも持っておった。そう感じたのはリアナも一緒だったようじゃ。こうして儂とリアナは、初めて会った日に互いを認め合った。当時のリアナには、今のような大人しさはなく、目をギラギラとさせながら儂と同じく戦いを楽しんでおった。そんなリアナを恐れ、ジルニアの周辺国は同盟を結んだとも情報屋から聞かされたものじゃ。

「まあ、貴方《あなた》の噂が何処までのものなのか、明日の戦場では隣で見せてもらうわね」

「俺も姫様の剣技が何処までのものなのか、明日の戦場で見させてもらうよ」

リアナと儂が手を組んだ事で、同盟国に押され気味だったジルニアは、翌日から一気に巻き返していった。

儂とリアナは相性が良く、戦場を共にするにつれて互いに惹かれ合っていった。

それに加えて、儂に憧れて冒険者になった者や、古くからの友人達もジルニアの味方につき始め、長年周辺国との間で続いていた戦争は、儂が参加してからたった一年で終結した。


「リオン、貴方がジルニアに来てくれて本当に良かったわ」

「俺もジルニアに来て、リアナと出会えて本当に良かったよ」

互いに自分達の思いに気付いていた儂達は、終戦から数日後に結婚した。

儂もリアナと結婚して少しは落ち着いた。以前までは戦いを求めて世界中を旅していたが、王となった儂はジルニアで生活するようになった。王としての職務にもこれまでの研究が活き、終戦後に疲弊していたジルニアを導く事ができた。

そして、数年後にアリウスが生まれた。更に時が流れ、孫も誕生した。子が生まれ、孫も生まれ、戦いへの貪欲《どんよく》さは、儂からなくなっていったんじゃ。

そんな儂の思いが反映されたのか、二人目の孫まではヒューマン寄りの子が生まれていた。リアナも、アリウスの妻・エレミアも人間じゃ。流石に二代もヒューマンの血が入れば、エルフの血は薄くなるものかと、少し落ち込んでおった。

そう思っていたから三人目の孫ができた時、儂は驚いた。三人目の孫アキトは、エルフ寄りに生まれたのじゃ。

「アキトは、父さんの血が色濃く受け継がれたみたいだね」

ヒューマン寄りの子——アリウスがそう言ってきた。

「そうみたいじゃな、目の色はお主らに似ているし、アキトは儂らの家系の良いところを受け継いだようじゃ。この子は将来いい男になりそうじゃのう」

「そうだね。アキトの兄のエリクや、姉のアミリスも整っているほうだけど、アキトはそれ以上の美形になりそうだね」

そんな会話をしたのを、今でも覚えておる。

そして、その会話は現実となった。アキトは五歳の時には既に誰もが見とれるような顔の良さじゃったし、十歳となった今では、〝ジルニア国一の美しい王子〟と言われるようになった。そんな容貌に加え、強さと賢さも兼ね備えておる。自分を襲った者を奴隷にし、自分だけの私兵団《しへいだん》を作り上げた。

子供のする事だと陰で見守っていたが、気が付けばアキトはジルニア一の組織に仕立て上げておった。その中には、儂の友人の弟子や、他国の元兵士、元裏の者達もたくさんいた。

しかし、そんな孫から言われてしまった。

「戦うのが怖いの？」

その言葉を聞いた儂は、この数十年間徐々に落ち着いてきておった戦いへの気持ちが一気に湧き上がるのを感じた。

◇　◇　◇

長いようでいて、長寿のエルフとしてはまだまだ短い人生を振り返った儂は、閉じていた瞼《まぶた》を開けると、眼前に立つ強者を見つめた。

「リオン、もういいか？」

友であり、超えなければいけない相手――竜王が儂にそう問いかけた。

「ああ、もう大丈夫。頭の中もスッキリじゃ。戦おうかのう。じゃが、戦う前に一つ言っておく事がある」

「なんだ？」

「全力で来い。孫やレオンと同程度と甘く見積もっておるんなら、その首かっ切るぞ？」

「ッ！」

戦いへの気持ちを全力で言葉に込めて、竜王に投げかける。

竜王は、儂の挑発を込めた威圧に、ハッとした様子を見せる。

「観客も待ってるようじゃ、始めようか」

「ああッ！　いつでもかかってこい、リオンッ！」

こうして儂はアキトの言葉によって、長年避けていた竜王との戦いを始めた。

「強いのう、強いのうドラゴヴェルスッ！　やはり、お主は儂の人生において最強の相手じゃッ！」

儂は魔法を放ちながら、ドラゴヴェルスに言葉を投げかける。

「そりゃどうも。俺もこんな強力な魔法を使う相手はリオンとアキト以外見た事がない。孫に魔法を教えたのは、リオンだろ？」

「そうじゃよ。アキトは、なんでもできる子じゃからな。五歳の時から儂が魔法を教えてるんじゃ」

「五歳⁉　道理であの年齢にしては、強い魔法を使うと思ったよ」

「アキトはまだまだ強くなるじゃろうな、それこそ儂を超えるじゃろう。じゃが、今の時点ではまだ儂が上じゃという事を再認識させるため……ドラゴヴェルス、お前に勝たせてもらう！」

その言葉を最後に、儂と竜王の戦いは更に激しさを増していった。

儂は魔法の鍛錬《たんれん》に加え、ドラゴヴェルスに勝つために武を磨き直しておった。

魔法を囮《おとり》にドラゴヴェルスへ近づき、接近戦に持ち込む。儂が接近戦をする事に、ドラゴヴェルスは勿論、観客席で見ているアキト達も驚いた顔をしているのが分かった。

第9話　祖父VS孫

爺ちゃんと竜王の戦いは、これまで見てきた戦いの中で一番といっていい程の、強さと強さのぶつかり合いだった。

「爺ちゃんが凄い人だって知っていたつもりだったけど、ここまで凄かったんだ……」

観客席から見ながら驚いている俺に、側に座る婆《ばあ》ちゃんが、嬉しそうに言う。

「能力値で言えば、今のほうが凄く強くなってるけど、闘志は昔のほうが凄かったのよ？　だって、あの人が来てからジルニアの戦争は一年で終結したんだもの」

試合が始まってから、婆ちゃんは何処かソワソワとしている。そういえば、婆ちゃんって今でこそ大人しい性格をしてるけど、昔は戦姫って言われる程、戦いが好きだったんだよな……

「……もしかして、婆ちゃん。竜王と戦ってる爺ちゃんが羨ましいの？」

「あら、分かっちゃった？　でも、戦いたくても、実際には戦えないわ。全盛期に比べて力が大分劣ってるしね。今戦って、弱い自分に気付きたくないもの」

婆ちゃんは少し寂しそうに言うと、会場のほうへ視線を戻した。爺ちゃんと竜王の戦いは、なかなか決着がつかず、両者凄まじい攻防を繰り広げていた。

一時間もの間、両者がボロボロになるまでぶつかり合い、僅差で勝負が決まった。

勝利したのは、爺ちゃんだった。

「凄かった……あんな戦い初めて見たよ」

「僕も、初めて……」

「お爺ちゃんってあんなに強かったんだ……」

「凄いね、アキト君のお爺ちゃん」

ルーク、リク、姉さん、アリスは、爺ちゃんの戦いを見て、自分達の知らない世界を感じたのだろう。そんな感想を漏らしていた。

勝利した爺ちゃんも体力が切れたのか、竜王と同じく地面に倒れる。救護班が慌てて爺ちゃん達を運んでいく。今すぐにでも爺ちゃんと話したいと思ったが、流石に思いとどまり、宿に戻った。


宿に帰った俺達は、爺ちゃんの戦いの話をしながら飯を食べた。食後、風呂に入り、それぞれが部屋に戻る。俺は寝ようと思ったが、爺ちゃんの試合が頭から離れず、寝つけなかった。

「全然眠れないや、散歩でも行くか……」

そう思った俺は、転移魔法で宿の外に出ると、夜の街を散歩する。昼間とは違い、人がいなくなった街は静かで、涼しい風が吹いていた。

俺はいつの間にか、街はずれの広場に着いていた。

「アキト」

「爺ちゃん……」

するど、俺が来るのが分かっていたかのように、爺ちゃんが現れた。

「どうじゃった、儂の戦いは？」

「凄かったよ。俺がこれまで見てきた戦いの中で一番、胸が熱くなった……ごめんね。爺ちゃんを煽るような事を言って」

「気にしなくても良い。アキトの言う通り、ドラゴヴェルスとの戦いを知らず知らずのうちに避けていたのは本当じゃったしの」

爺ちゃんはそう言うと、ベンチに座って空を見上げた。

「アキト、儂が今回勝てたのはアキトのおかげじゃよ」

「えっ？　俺、何もしてないよ？」

「……アキトが生まれてきてくれたおかげで、儂は強くなれたんじゃや、アキトがいなかったら今の儂はいなかったじゃろうな」

そう言いながら、俺のほうを向いた爺ちゃんは凄くいい笑顔をした。

俺は爺ちゃんの隣に座り、応える。

「そんな事ないと思うけどね。俺が生まれてこなくても、爺ちゃんはいつの間にか強くなってて、自分で竜王と戦う道を選んでたと思うよ」

俺がいない時から、戦いを求めていた爺ちゃんだ。子や孫が生まれたとしても少しずつ強くなっていって、いつか竜王に挑んでいたと思う。

「確かにそうかもしれんが、今の儂があるのはアキトのおかげじゃよ。じゃから、アキト……生まれてきてくれて、ありがとう」

爺ちゃんは俺の頭にそっと手を置き、そのまま優しく撫でながら言った。

「次は、アキトの番じゃな」

「……うん、そうだね」

俺はそう口にして、「俺も勝利を掴んでくる」と心の中で誓った。


翌日、世話になった宿と竜王に挨拶を済ませ、ジルニアへ帰国した。

行きは飛行船で来たが、帰りはせっかくなので、竜王に話を通して設置させてもらった【ゲート】を使った。これでいつでも竜人国に簡単に移動できる――もとい、いつでも竜王に再戦を挑む事ができる。

【ゲート】で転移が終わると、ルークとリクを王都の入口で見送る。

「アキト君、それじゃまたね」

「僕達はアキト君程忙しくないと思うから、遊べる日は誘ってね」

「ルーク君、リク君。時間ができたら、また一緒に遊ぼう」

その後、アリスを家に送り届けた俺は家に戻った。

父さん達も既にそれぞれの部屋に戻っているようだ。俺も自分の部屋に行き、ベッドに横になる。

「色々あったけど、楽しい卒業旅行だったな……」

そしてそのまま瞼を閉じて、眠りについた。


目を覚ますと、既に陽が暮れていて、タイミング良くメイドが夕食だと呼びに来た。

まだ若干眠たいが、腹のほうは「ギュルルル」と鳴り、お腹が空いたと訴えている。気合で起きて、食堂に向かう。そして、食事を終えた俺は、そのまま風呂に入った。

風呂から上がって廊下を歩いていると、前から爺ちゃんがやって来た。

「アキト、食事の時からずっと上《うわ》の空《そら》のようじゃが、どうしたんじゃ？」

そう尋ねられて、俺は立ち止まり、爺ちゃんの顔を見上げる。

「ねぇ、爺ちゃん。今から、ちょっと時間ある？」

「んっ？　時間ならあるが。なんじゃ、儂に用があったのか？」

「うん、ちょっとね。一緒に来てくれる？」

俺はそう言って爺ちゃんに手を差し出す。俺の手を握った爺ちゃんを、転移魔法でいつもの訓練所へ連れてきた。

◇　◇　◇

「なんじゃ、訓練所に連れてきて。何か新しい魔法でも思いついたのかの？」

「う〜ん、そうじゃないんだ……竜王に負けた俺が言うのもなんだけどさ、昨日の爺ちゃんと竜王の戦いを見たら、爺ちゃんと戦いたいって思っちゃったんだ」

「ッ!?　それは、今から儂と戦いたいという事かの？」

「そうだね。今日一日考えていたんだ。今のところ最弱な俺が、竜王を飛ばして爺ちゃんに挑むのは、流れ的におかしいからやめようかなと思ったんだけど……頭では分かっていても、体がうずいちゃってね。どうしても、今の爺ちゃんと戦いたいって思っちゃったんだ」

そう言うと、爺ちゃんは嬉しそうに笑った。

「いいぞ、儂も昨日の戦いで戦いへの欲が出てしまっての。明日から迷宮通いをしようと思っていたところじゃったんじゃ。その前にアキトと戦えるなら、儂も嬉しいぞ」

「それは良かった。でも昨日の今日だけど、爺ちゃんの体調は大丈夫？」

「ピンピンしておるよ。アキトのほうこそ、大丈夫か？」

「俺もピンピンしてるよ。そっか、どっちも万全みたいだね。それじゃ気兼ねなくやれる」

そう言って、試合の準備を始める。

すると、訓練所を囲んでいる木の後ろから、人影が現れた。レオンだった。

「レオン、どうしたんだ？」

「どうしたんだ？　って、アキトと爺さんの戦いを見逃すはずねえだろ？　朝から二人の様子がおかしいと思って、張ってたんだよ。アキトは気付かなかっただろ？」

「そうだったのか、全然気が付かなかった」

いつもだったら分かるはずなのに、よっぽど上の空だったんだな。

心配した顔でレオンが言う。

「……あまり思い詰めるなよ」

レオンに「ありがとう」と言って、試合の準備を進める。魔力と体の調子を確認し終えた俺は、先に待っていた爺ちゃんと向き合った。

「もういいのか？」

「うん、大丈夫だよ。始めようか」

「うむ、儂のほうも準備は終わっておる。レオン、合図を頼んでも良いかの？」

「そのためにも来たからな、いいぞ」

そう返したレオンは、俺と爺ちゃんの間に移動した。

「それじゃ……試合、始めッ！」

俺と爺ちゃんの戦いが始まった。

「いくよ。爺ちゃんッ！」

俺はかけ声と共に魔力を全解放し、爺ちゃんへ接近。そして、超至近距離から魔法を連発する。

しかし、それら全てを避けられ、距離を取られてしまった。

マジかよ……あの距離で全て避けるって、化け物だろ……

「今度はこっちからいくぞ、アキトッ！」

爺ちゃんの声は上空から聞こえた。そっちを見ると既に【原初魔法】がこちらに向かっていた。

考えるより先に体が動き、同じ【原初魔法】で相殺。続けて魔法を放つが、爺ちゃんの姿がない。

「クソッ！」

何処だ⁉　と思考が巡り、一瞬遅れて後ろを振り返ると、爺ちゃんを見つける。

と、同時に、既に魔法が迫っていた。

俺はその魔法に向けて、同系統の魔法をぶつけ相殺する。

「ほう、今のを避けるとは。アキト、なかなかいい動きじゃのう」

「感知は得意だからね」

「得意ごときで一瞬で判断など、そうそうできんぞ」

悔しそうにではなく、嬉しそうに爺ちゃんは言い、試合を再開する。

互いに決定打がないまま試合は長引いていった。

「ふう……ドラゴヴェルスより苦戦するとは思わなかったのう、アキト」

「俺もだよ。魔法使いとしてのレベルが互角だと、こうなるんだね」

「そうじゃな。じゃがアキト、互角なのはこれまでじゃよ」

言い終わると、爺ちゃんは更に強い魔力を放ち始める。

やっぱり、手加減していたのか。

「でもね、爺ちゃん。俺だって奥の手は残しておいたんだよ？」

そう言うと、俺は得意の魔法を千以上、一気に発動した。

「流石にあの会場じゃ、威力が大きすぎてこれは使えないからね。爺ちゃんにもレオンにも見せた事がない、俺の本気だよ」

「カカカッ、凄いのアキトッ！　儂でもそれだけの同時発動は無理じゃよッ！」

嬉しそうに叫ぶ爺ちゃんに、俺は全ての魔法を放つ。レオンは既に遠くのほうに避難しており、この場には俺と爺ちゃんしかいない。

俺の放った数千以上の魔法を、爺ちゃんは一つ一つ相殺しつつ回避した。

「クッソ、このチート爺ッ！」

悪口を言いながら、魔法を放ち続ける。

「アキト、楽しかったぞ」

「ッ！」

離れていたはずの爺ちゃんが、一瞬にして真横に移動してきた。俺は、そのまま腹に魔法を当てられて気絶した。


目を覚ますと、夜空を見上げていた。

「負けたか……」

「良い戦いじゃったぞ、アキト。竜王以上に楽しい戦いじゃった」

「……俺も楽しかったよ。それと、いい目標ができたよ」

「というと、儂にまた挑むのかのう？」

「当たり前だよ。勝ち逃げはさせないからね。俺が勝つまで何戦だって挑み続けてやるから、覚悟しててね」

するとと、爺ちゃんはニカッと笑った。そして、嬉しそうに「待っておるよ」と言いながら、頭を撫でてきた。

「まあ、でも爺ちゃんの前に竜王を倒さないとね。順番的に」

決着を見守っていたレオンも口を挟む。

「それは俺もだな。強くなって竜王と再戦する。それに今の戦いを見たら、アキトと爺さんにも勝ちたくなったよ」

「おっ、レオンも儂に挑戦するのかの？」

「ああ。だが今はしない。力の差は分かってる……ここにいる誰よりも弱いってな。いつかお前らに追いついてやるから、その時は待ってろよ」

レオンの挑戦状に、爺ちゃんは更に嬉しそうにしていた。

試合でボロボロになった訓練所を綺麗にすると、訓練所の小屋の風呂で汗を流して帰宅した。

「よしっ、強くなるぞ～」

目標は、爺ちゃんと竜王を超える事——そう心に決めて、ベッドに横になり、眠りについた。

第10話　新たな転生者

翌日、爺ちゃんとの試合で気分が晴れた俺は、心配をかけてしまった家族に謝罪した。

「心配はしたけど、謝る事はないよ。だってアキトは、まだ子供なんだから」

父さんはそう言って優しく笑い、母さんや兄さん達も同じような事を言ってくれた。

朝食後、転移魔法で王都からクローウェン領の俺の城へ移動し、シャルルからこの数日間の報告書を見せてもらった。

「まあ、シャルルに任せてたから、問題はないか」

シャルルは仕事に関しては完璧なので、報告書をパッと見ただけでトラブルがなかった事が分かった。

「それと、アキト様。こちらが新しく奴隷にした者達です」

「んっ、使えそうな奴がいたのか？」

「はい。前々からアキト様が欲しいと言われておりました、魔道具の職人が見つかりました」

俺は渡された書類に目を通す。

奴隷の名前は、ネモラ。性別は女で、年は二十一歳、所持スキルも俺が求めていたものだった。

「よくこんなちょうどいい奴隷を見つけたな！」

「先日、アキト様が贔屓《ひいき》にしていらっしゃる奴隷商クレバー様からご連絡がありまして……アキト様が長い間欲していた奴隷だとご存じだったようで、直ぐにご連絡をくれました」

「そうなのか、後でクレバーさんにお礼を言っておかないとな。とりあえず、その奴隷と会う事はできる？」

「はい、そうおっしゃられると思いまして、既に屋敷に泊めております。この部屋にお連れしますね」

シャルルはそう言って、部屋から出ていった。

そして数分後、ノックする音と共に扉が開き、シャルルと若い人間の女性が入ってきた。

「初めまして、ご主人様。先日買われました、魔道具職人のネモラです」

「うん、初めまして。とりあえず座ってよ。じっくりと話したいしね」

俺達は向かい合ってソファーに座る。そしてネモラに、奴隷になった経緯やこれまでの実績を聞いた。

奴隷になった理由は、自分の作りたい魔道具の研究開発費用のために借金をし、作った魔道具を売っても返しきれずに破産してしまった結果との事。

「成程ね。でも、書類の実績を見ると、結構色々作って売ってたみたいだけど。それでも足りなかったの？」

「はい……というのも、私が本当に作りたい魔道具はまだ完成してないんです。そのために、他の魔道具で稼いだお金も全部それにつぎ込んで、更にお金も借りてといった感じに……」

「あ〜……」

そうか、この人は自分の思ったところまでやり込む職人タイプか。まあ、そのほうが最高の作品を作ってくれそうだから、俺としては嬉しいけど……

「シャルル、ちょっと席を外してくれるか？」

「はい、分かりました」

俺はネモラと二人きりになると、外に声が聞こえなくなる魔法を使ってから尋ねた。

「もしかして、ネモラって転生者？」

「……成程、ご主人様も転生者なんですね。だから、さっきの方に席を外させたんですか？」

「まあ、そういう事だ。それで、ネモラは前世の事、覚えているのか？」

「覚えてますよ」

それから、ネモラの前世について語ってもらった。

ネモラの前世は日本人で、三十代の頃に過労で死んだらしい。といっても、ブラック企業で無理矢理働かされたわけではなく、元々のめり込むタイプだったとの事。ゲーム会社で働いており、色んなゲームを作っていたという。

ネモラがこちらの世界で作りたい物も教えてもらったけど、それというのが――

「――ゲーム機か。確かにまだ見た事ないな。うん、娯楽道具が増えるのは嬉しいし、ゲーム機開発を任せるよ」

「いいんですか!? ただの私の趣味なんですよ？」

「構わないよ。俺もゲームをやりたいし、こっちの世界の人達もたぶん興味を示すだろ？」

そう言うと、ネモラは嬉しそうな顔で、「ありがとうございます」と頭を下げた。

ネモラとの話し合いが終わると、直ぐにシャルルを呼ぶ。そしてゲーム開発会議を行うために、他の奴隷を集めてもらった。

「それで、この子が新しい奴隷ですか、アキト様？」

会議が始まって早々に、参加している鍛冶師《かじし》の奴隷が言った。

んっ？ シャルル、他の奴隷達にネモラの事を伝えてないのか？ まあ、ちょうどいいし自己紹介させるか。

「ああ。ネモラ、まずは皆に挨拶をしてくれる？」

「はい。新しく奴隷となりましたネモラです。魔道具を作る事ができます」

「おぉ、アキト様が長い間欲していた、魔道具制作ができる奴隷か！　良かったですねアキト様！」

ネモラの挨拶を聞いた鍛冶奴隷は、俺のほうを見ながら嬉しそうに言った。

「ああ、これでやっと全ての職人が揃ったよ。長かったな～ここまで。最初の二年で大工や裁縫《さいほう》、鍛冶の技能持ちは見つかったのに、その後は欲しい職人がほとんど見つからなくて苦労したな」

その言葉通り、最初の二年間は順調に欲しい奴隷が集まっていた。しかしそれ以降、なかなかいい奴隷が見つからず、半年に一人くらいの感覚で集めてきた。

その中でも、初期のほうから欲しい欲しいと思っていた魔道具制作奴隷がやっと見つかって、今、物凄く嬉しい気持ちだ。ゲーム機制作が終わったら、他にも色々な物を作ってもらおう。

ネモラの紹介も終わったので、これからの取り組みについて皆に説明する。

「最初にネモラには、これまで空席だった〝魔道具制作部署〟のリーダーをしてもらう」

「えっ、リーダー？　私がですか!?」

「と言っても、部署は今作ったばかりで人がいない。だからネモラが使えそうだと思う奴隷を集めて、仕事ができる環境を作ってもらいたいんだ。予算は気にしなくていいから、シャルルにこれまで集めた奴隷の資料を見せてもらって、部下を選んでくれ」

そう言って、俺は当面の予算分の金貨が入った袋をネモラに渡した。ネモラはその袋の重さに目を丸くしたが、直ぐにやる気に満ちた顔をして「分かりました」と返事をした。

「というわけで、魔道具の部署が始動するから、他の部署にもこれまで以上に働いてもらう事になる。まず、建築部は魔道具制作の工場を建ててくれ」

「はい、分かりました。場所は何処に作ったらいいでしょうか？」

「そうだな……搬入《はんにゅう》とか、諸々《もろもろ》の事を考えてラトアの隅に作るか。まだ敷地は余っていたよな？」

「大丈夫ですよ。工場の近くには材料の物資を置いておくための倉庫も作りますか？」

「そうだな。生産部は魔道具の材料になる物をネモラに聞いて、先に準備を進めておくように」

部署ごとに指示を出し、それぞれに資金を与えて、会議は終了した。

早速、ネモラはシャルルと一緒に部屋を出ていった。部下を選ぶために、奴隷の資料を見せてもらうのだろう。他の奴隷達も、それぞれの仕事をするために部屋を出ていく。

「さてと、それじゃ俺のほうもゲーム機開発のために情報を集めておくか」

俺は自分の部屋に移動し、ベッドに横になると【図書館ＥＸ】を使用した。

そして、ゲームに関する情報を探す。

「作るなら、どの年代のゲームがいいんだろうな……最新機種はこっちの世界で再現するのが難しそうだし……」

一応、最新機種の作り方も調べられたが、材料とかを見ると難しそうだと改めて思う。こっちの世界で作るなら、それこそ前世で実際に作っていた人がいなければ不可能そうだ。

「となれば、古い機種になるか……ネモラはどの世代のゲーム機を作りたいのか、聞いておくんだったたな……」

せっかく会議までしてから来たのにと反省しつつ、情報収集を続けていく。そしてこちらの世界で作れそうな物をピックアップし、【図書館ＥＸ】から戻ってきて資料に書き写した。

「とりあえず、これを一回ネモラに見せて、また話し合いをするか……っと、その前に」

俺は完成した資料を異空間に入れて、もう一度ベッドに横になり、ある場所に移動した。

「アルティメシス様、今お時間いいですか？」

「大丈夫だよ。そろそろ来る頃だと思ったよ、アキト君」

俺が移動して来た場所は、神々が暮らす神界だ。その中で最も偉い神、主神アルティメシス様がいる部屋にやって来た。

俺がある物を差し出すと、アルティメシス様は子供のようにはしゃぐ。

「お～！　今回も美味しそうにできてるね！」

神界に来た理由――それは俺の手作りお菓子を納品するためなのだ。

定期的に渡しに来てほしいと、アルティメシス様から言われているんだよね。なんだかんだ、この数年間で一番上達した事といえば、お菓子を作る能力な気がする。元々は母さんとの〝家族の時間〟を過ごす時に作っていたんだけど、それが趣味へ昇格し、今では暇な時にケーキを焼ける程に腕を上げた。

「そういえば、アキト君。また新しい事始めたね」

アルティメシス様が俺のお手製クッキーを頬張りながら言う。

「見てたんですか？　いや～、新しい奴隷がゲーム機開発をしたいと言い出しまして。俺も作ってみたいなと感じたんです」

「うん。私も見てて、完成したらやりたいって思ったよ。でも、こっちの世界でゲーム機って作れそうなの？　いくら転生者が多いと言っても、知識だけじゃ厳しいと思うけど」

「そうなんですよね……実際のところ、ネモラが何処までやれるか次第なんですが、やれるところまでやってみようと思います。まあ、ゲーム機が完成できなくても、何かしら大人数で遊べる物を作る事ができれば、娯楽道具として使えそうですし」

「成程ね。まあ、でも私としてはアキト君の前の世界――地球のゲームをやってみたいから、是非完成させてほしいと思っているよ」

ニコニコしながら、アルティメシス様はそう言った……この人、もしかしてだけどゲーム機まで強請《ねだ》るつもりかな？

「アルティメシス様、もしかしなくても完成したゲーム機を貰うつもりでいますか？」

「えっ、駄目なの!?」

「……いや、駄目といいますか。神がそんな物まで強請っていいのかなと、他の神様はそんな事してないですし」

「……そこは、ほら、主神だし？」

ジト目を向ける俺に対し、目線を合わせないようにしながらアルティメシス様が言う。

全くこの主神様は、他の神様を見習ってほしいよ……はぁ。

俺の力を知っている神様は、あまり俺をわずらわせないよう、可能な限り関わらないようにしてくれている。特に俺の転生ガチャを行ってくれたフィーリア様は、俺の悩み相談は受けてくれても、アルティメシス様のように何かを……お菓子やゲームを強請ったりする事はない。お礼を伝えても、「信仰する心を持ってくれてたらいいわよ」とだけ言ってくれる。

「フィーリア様のほうが主神に向いてそうだな……」

「うぐッ」

ボソッと漏らすと、耳がいいアルティメシス様は、その言葉に反応したように体を揺らした。

「まあ、我儘は程々にしてくださいね？」

「はい……」

若干落ち込んだアルティメシス様にそう言って、俺は神界から戻った。

既に完全に陽が落ちていた。そして、毎度タイミング良くメイドがやって来たので、夕食のために食堂に向かう。夕食後、風呂に入って疲れを取り、自室に戻ってくる。

明日ネモラに渡すゲーム機の資料を再確認していると、部屋の扉をノックする音が聞こえた。

「どうぞ~、って兄さん?」

返事をすると、入ってきたのはエリク兄さんだった。

「兄さんがこの時間に来るって珍しいね?」

「ごめんね。夜遅くに。今、大丈夫?」

「大丈夫だよ。ちょっと資料を確認してただけだから、直ぐに片づけるよ」

そう言って俺は、広げていた資料を異空間に入れた。

「それで、どうしたの?」

「うん。ほら、ミリアの誕生日が近いんだけど、どんなプレゼントを渡せばいいか、相談に乗ってほしいんだ」

ミリアというのは、兄さんの婚約者の名前だ。姉さんや母さんとも仲が良く、城に遊びに来て一緒にお茶をする事もあるので、俺もよく知っている。

「って、兄さん。去年の誕生日で最後にするって言ってなかった?」

「うっ……だって、ミリアの事を考えたら何か贈りたくなって……しかもどれも良く思えて、選びきれないいんだよ……」

「思いが強いのはいい事だけどさ……まあ、いいよ。頼られたら断れないし」

家族に弱い俺がそう言うと、兄さんは「いつもありがとう、アキト」と言った。

その後、早速どんな物を贈ればいいのか、話し合いが始まった。結論は、やはり女性にはアクセサリーがいいだろうという事に落ち着いて、兄さんと二人で街に品物を見に行った。

兄さんが選んだのは、イヤリングだった。兄さんが選んだイヤリングに使われている魔石は純度が高く、俺の【付与術】に耐えられる物だった。

イヤリングを兄さんに貸してもらい、ミリアさんが万が一誰かに襲われた時にも安全なように、障壁を作る魔法をかけてあげた。

「アキト、本当にありがとうね」

兄さんは凄くいい笑顔でお礼を言って、イヤリングを大切そうにプレゼント用の箱に入れた。

それから兄さんとしばらく遊んで帰ると、姉さんにバレてしまってやきもちを焼かれ、後日、三人で遊ぶ事になったのだった。

第11話　レオンとの特訓

兄さんからの頼みを聞いた翌日、俺はネモラの所へ来ていた。

昨日、兄さんと出かける前に資料を渡していて、こちらで再現できそうなゲームの機種を絞っておいてくれと頼んだんだ。

そう、「絞っておいてくれ」と言ったはずなんだけど——

「全部作りますッ！」

「いや、だから全部は」

「作ります！　ここまで資料が揃っているのであれば、後はやる気と想像力でなんとかできますッ！」

ネモラはゲーム好きで、前世ではゲーム会社で働いていた。こちらの世界ではゲームができない事に苦しみ、何もないところからゲーム機作りをするという執念まで見せていたからこそ、設計図の資料を渡した事が引き金となったんだろう。やる気がフルパワーマックスになってしまっていた。

俺と「絞れ！」「作ります！」という言い合いを一時間程続けた末、結局、俺が折れる事になった。

「……とりあえず、ネモラ。できそうな物からだよ」

「分かりました」

そしてネモラと今後の方針を話し合うと、「転生者の奴隷の中に、ゲームに詳しい者がいないか調べてほしいです」と頼まれた。

「分かった。そっちに関しては、俺に任せてよ」

「よろしくお願いします」

ネモラと別れた俺は、転生者を会議室に集め、ゲームに詳しい者を探した。

すると意外な事に、ゲーム会社で働いていた者が数名に、工場でゲーム機の基盤などを作っていた者までいた。

「うんうん、転生者の奴隷を集めてて良かったな～」

そう自分を褒めてあげて、その奴隷達をネモラの所へ派遣する事にした。

「さてと、諸々の手はずは一段落したかな……シャルル。後の事は任せても大丈夫そう？」

「はい、お任せください。まずは新しい奴隷の確保のために、クレバー様の所に人を向かわせております」

「お～、早い。流石シャルル。となれば、しばらく俺がいなくても大丈夫そうだね」

「何処かにお出かけになるんですか？」

「お出かけというか、特訓だよ。竜王にも爺ちゃんにも負けたから、鍛え直そうって思ってて。でも、その前に色々とやる事があったから、そっちを優先してたんだ」

本当は帰国して直ぐにでも特訓に向かいたかったんだけど、領地の事を全てシャルルに任せっきりというのも良くないので、領主としての仕事を進めてから行くつもりだったんだ。

「成程。でしたらレオンも連れていってあげてくださいませんか？　最近彼の特訓がハードすぎて、ジル以外ついていけないと苦情が入ってるんです」

「レオンの奴、最近見ないと思ってたら、部下を使って特訓してたのか。ジルも早く俺に言えば良かったのに……分かった、じゃあレオンも連れていってくるよ」

「お願いします。こちらの事はお任せください」


チルド村の訓練所へやって来た。シャルルから聞いた通り、ジルとレオン以外の奴隷は皆倒れているという惨状《さんじょう》が広がっていた。

ジルとレオンは気にも留めず、激しい戦いを繰り広げている。

「ジル！　レオン！　一旦やめろ！」

俺が声をあげると、バッとジルが止まる。

ジルが止まった事で、レオンも放とうとしていた魔法を引っこめて、地上に下りてきた。

「全く、周りを見てみろよ。誰もお前らについていけてないぞ？」

説教すると、ジルは辺りを見渡してようやく気付いた様子で、申し訳なさそうな顔をする。

「あっ……すみません、アキト様。また戦いに夢中になっていました。最近、部下から苦情が入っていたので控えようと思っていたのですが……」

「聞いてるよ。レオン、お前、これから俺の特訓につき合え。ジルの邪魔をするな」

「邪魔って……まあ、否定できないが。特訓って具体的に何するんだ？」

レオンは邪魔と言われて面白くないようだったが、反論もできないみたいだ。

「迷宮探索だよ。訓練方法はとりあえずレベル上げしながら考えようと思ってる」

「そうか。まあ、俺もそっちのほうが合ってそうだな。すまんな、ジル。いつもつき合ってもらって」

レオンの言葉に、ジルは首を横に振る。

「俺も楽しかったのでいいですよ」

次にジルは俺のほうを見ると「迷宮探索が終わったら、俺とも手合わせしてくださいね」と言ってきた。

「そうだな、久しぶりにジルとも戦いたいし、帰ってきたら戦おうか」

「はい！　特訓頑張ってきてくださいね」

こうしてジルと、ジル達に見送られながら、俺は転移魔法でレオンと一緒に移動した。

◇　◇　◇

迷宮にやって来た俺とレオン。

早速中に入ると適当にレベル上げを始めた。魔物の取り合いにならないように、時間交代で狩る事に決めておく。

どんどん倒していくが、いくら倒してもなかなかレベルが上がらない。

「……流石にこのレベル帯だと、そんなに上がらないな」

「そういや、アキトのレベルは１５０超えてたな」

「ああ、今は１８０だけど、前みたいにポンポン上がらなくなったよ。流石にこのレベルだと、アルティメシス様の加護があっても簡単にはいかないみたい」

「まあ、加護があっても普通はそこまで簡単に上がらないけどな。俺だって加護を貰ってるけど、なかなか上がらないぞ？　お前、あれだろ、まだ隠してる能力あるだろ？」

レオンがジト目をして、そう言ってきた。

レオンは意外と人を観察しているから、俺が隠し事をしているのは分かっているんだろうな。レオンだけじゃなく父さん達も、俺が隠し事をしているのには薄々勘づいているみたいだけど。

「まあ、そりゃね。なかったら十歳で学園卒業して、領主の仕事なんてしてないでしょ」

「……そうだな、まず複数の神から加護を貰ってる時点でおかしいしな」

「それは爺ちゃんもだよ。たぶん爺ちゃんも、俺らに言ってないだけで色んな神様から加護貰ってると思うよ」

「確かにな、あの爺さんの強さは半端ないし、魔法に適性ガン振りだからな」

そんな感じで雑談しながら、迷宮を進んでいく。

それなりのランクの迷宮を選んだのに、俺とレオンには物足りなかった。なので、一旦迷宮から出て、アルティメシス様に良さげな狩場を教えてもらう事にした。

「狩場ね……う～ん」

アルティメシス様は少し考えていたものの、快く助言をしてくれた。

「それだったらここなんてどうかな？　ちょっと遠いけど、アキト君達だったらすぐに行けると思うよ？」

教えてもらったのは、ジルニアがある大陸から少し離れた孤島。元は無人島だったが、最近迷宮が発見され、父さん達が調査をしている所だ。

「ここって、そんなに高位の魔物がいるんですか？」

「いるけど、アキト君達だったら簡単に倒せるかな？　でも、今の所よりもレベル上げに適しているのは確かだよ」

神界から戻ってきた俺は、レオンにその話を伝える。それと、父さん達が調査してる迷宮という事で、一応父さんに断りを入れに行った。

「アキトが行ってくれるなら、父さんも安心だよ。よろしくね」

父さんもオッケーしてくれたので、俺達は件《くだん》の島へ向かった。

調査をしている兵士の人達に挨拶をし、迷宮の中へ入る。探索を始めると、一階層目から高位の魔物が出てきて心が躍った。

「ッ！」

「よいしょッ！」

レオンと一緒に魔物を倒し、俺は笑顔で言う。

「ふぅ、なかなかいい運動になるな」

するとレオンに呆れた様子で返される。

「……オーガキング相手に、『いい運動』なんて言い放つ十歳児は、アキトだけだよ。っと、それにしてもここの迷宮に出てくる魔物は、いちいち強い個体だな」

「俺達にとってはありがたいけど、普通の冒険者とか兵士が探索するにはキツい迷宮だな」

この迷宮は、俺達〝化け物〟と呼ばれるような者じゃないと難しいだろう。なんせ出てくる魔物の種類が高位ばかりなのだ。更には個々としても十分強いのに、たまに集団でも出てくる。

何層か潜った後、直ぐに上の兵士達に通信して、現時点で分かっている魔物の種類や分布を報告し、父さんに今後どうするかを考えてもらうように伝えた。

程よく進んだあたりで、俺はレオンに声をかける。

「レオン、レベルって今どんな感じ？」

「んっ？　まあ、始めてから10は上がったが？　アキトは？」

「俺は3上がって、183になったよ。前の迷宮より断然こっちのほうがレベル上げに向いてるみたいだね」

「ああ、いい感じに敵が強いから新しい戦い方を考えるのも役立つし、主神様には感謝だな」

レオンの言葉に「確かに」と思った俺は、珍しく心の中でアルティメシス様へ感謝を捧げた。

それから俺は一旦休憩を取る事にして、ステータスを確認してみた。

名　前：アキト・フォン・クローウェン
年　齢：10
種　族：クォーターエルフ
身　分：王族、公爵
性　別：男
属　性：全
レベル：183
筋　力：12001
魔　力：21974
敏　捷：10689
運　：78
スキル：【鑑定：MAX】【剣術：MAX】【身体能力強化：MAX】
【気配察知：MAX】【全属性魔法：MAX】【魔法強化：MAX】

【無詠唱：ＭＡＸ】【念力：ＭＡＸ】【魔力探知：ＭＡＸ】
【瞑想：ＭＡＸ】【威圧：ＭＡＸ】【指揮：ＭＡＸ】
【付与術：ＭＡＸ】【偽装：ＭＡＸ】【信仰心：ＭＡＸ】
【錬金術：ＭＡＸ】【調理：ＭＡＸ】【手芸：ＭＡＸ】
【使役術：ＭＡＸ】【技能譲渡：ＭＡＸ】【念話：ＭＡＸ】
【木材加工：ＭＡＸ】【並列思考：ＭＡＸ】【縮地：ＭＡＸ】
【予知：ＭＡＸ】【咆哮：ＭＡＸ】【幻術：ＭＡＸ】
固有能力：【超成長】【魔導の才】【武道の才】
【全言語】【図書館ＥＸ】【技能取得率上昇】
【原初魔法】【心眼】【ゲート】
称　号　：努力者　勉強家　従魔使い
魔導士　戦士　信仰者
料理人　妖精の友　戦神
挑む者
加　護　：フィーリアの加護　アルティメシスの加護　アルナの加護
ディーネルの加護　フィオルスの加護　ルリアナの加護
オルムの加護

上がったステータスを見て、俺はある事を思った。

「レベル上げも大事だけど、新しいスキルを取るのもいい気がしてきたな」

「確かに能力値を上げるスキルはあるから、それを取って火力アップするのもいい手だな」

「あぁ。金には困ってないし、シャルルに頼んでスキルブックをいくつか用意させるかな」

スキルは修業して身につけるのもいいが、手っ取り早くスキルブックを使って覚えられる。強力なスキルを覚えれば加護とスキルの力でごり押しでレベルを上げていくという戦略も取れる。

すると、横に座っていたレオンが頭を下げてきた。

「なんだレオン？」

「金は払うから、シャルルのルートで俺にもスキルブックを流してほしい。奴の性格は苦手だが、アキトの頼みを聞く時の行動力が凄いのは知ってるからよ」

成程、スキルブックを複数用意して、自分にも流してほしいって事か。まあレオンが強くなるのは俺も嬉しいから、断るつもりはない。

「別にいいよ。ただ、複数入手できなかったら俺が優先だからね？」

「ああ、流石に主と奴隷の優先順位は分かってるつもりだ」

「……とか言って、手に入らなかった時に八つ当たりするなよ？」

俺の言葉に、レオンは何も言わなかった。

こいつの事だし、手に入らなかったらきっとジル達の所で暴れて憂さ晴らしするつもりだろうな。ジル達にはレオンに注意するよう言っておこう。

休憩を終え、攻略を再開する。既に結構な階層まで潜っているけれど、これまでの経験上、この迷宮はまだまだ続きそうだ。思わずレオンに言う。

「それにしても、こんなに深い迷宮も珍しいな。ここまでのやつに入ったのは初めてだ」

「俺もだな。魔物の強さや中の雰囲気が、これまでの迷宮とは違う気がする」

「それな。迷宮内の雰囲気がちょっと違うよな……」

まあ、アルティメシス様に紹介されたくらいだし、相当に攻略困難な迷宮なんだろう。

そう結論づけ、ドンドン下層へ下りていく。

数時間が経過した。今までに攻略してきた迷宮のクリア時間はとっくに超えているというのに、この迷宮は未だに終わりが見えない。

レオンが真剣な顔で言う。

「なあ、真面目にここって最難度クラスの迷宮じゃないか？」

「たぶんな……化け物クラスの俺達じゃないと、進むのすら難しいと思う」

「あぁ、普通の冒険者が来ても、せいぜい十階層止まりだろうな」

レオンの言う通り、普通の冒険者ならせいぜい十階層、名がある高位の冒険者でも三十階層手前まで行けばいいほうだろう。

そうして進みつつ、百五十階層のボスを倒し、百五十一階層へ下りる。

「アキト、レベルはどうだ？」

レオンに聞かれて答える。

「うん、200は超えられたよ。目的達成！」

「うわ、やっぱりかよ。道理で途中から、気分良さそうにしてたわけだ……」

そう言うレオンも、レベルは150手前となっていた。

俺が目標達成した後は、レオンに魔物を譲っていたから、ここまでのレベルになれたんだろう。

「さてと……結構潜ったけどどうする？　たぶん、外はもう暗くなってる頃だと思うぞ？」

「そうだな……今日は一旦帰ろうか。目標のレベルはそれぞれ達成したし、能力値が上がったから魔法の威力も確認したいしな」

意見が合ったので、一緒に転移魔法で迷宮の外に出る。

迷宮の入口には、相変わらず調査中の兵士達がいた。俺は兵士達にある程度強い人以外は入らないように注意してほしいと知らせておいた。

レオンと別れ、俺は王都の城へ戻ってきた。

「おかえり、アキト。ちょっといいかな？」

帰宅した途端、俺の魔力が増しているのを感知したのか、アリウス父さんがやって来た。

「うん、いいよ。迷宮の事でしょ？」

父さんの仕事部屋へ移動し、今日得た迷宮の情報を伝える。

「成程、そんな凄い難度の迷宮だったのか……迷宮調査の兵士達は再編成しないとね」

「そうしたほうがいいよ。あっ、でも爺ちゃんには内緒だよ？　せっかく、俺とのステータス差が縮まったのに、爺ちゃんが知ったら一人でドンドン攻略しちゃいそうだから」

「でも危ないと思ったら、リオン父さんに報告するからね？」

「う～ん……分かったよ」

また爺ちゃんにレベルを引き離されるのは癪《しゃく》だけど仕方ない。

夕食まで時間があるので俺は部屋に戻り、【図書館ＥＸ】でレベルアップの補助に良さげなスキルを調べる事にした。

第12話　特訓第二弾

翌日、俺は【図書館ＥＸ】で調べて作った、欲しいスキルの資料をシャルルに渡した。「仕事に支障が出ない範囲で集めてほしい」と頼み、その後山の訓練所へ移動する。

「さてと、まずは昨日忘れてたステータスの確認をするかな」

俺は地べたに座り、【鑑定】を使う。

名　前：アキト・フォン・クローウェン
年　齢：10
種　族：クォーターエルフ
身　分：王族、公爵
性　別：男
属　性：全
レベル：204
筋　力：16478
魔　力：27421
敏　捷：15987
　運　：78
スキル：【鑑定：MAX】【剣術：MAX】【身体能力強化：MAX】
　【気配察知：MAX】【全属性魔法：MAX】【魔法強化：MAX】

【無詠唱：ＭＡＸ】【念力：ＭＡＸ】【魔力探知：ＭＡＸ】
【瞑想：ＭＡＸ】【威圧：ＭＡＸ】【指揮：ＭＡＸ】
【付与術：ＭＡＸ】【偽装：ＭＡＸ】【信仰心：ＭＡＸ】
【錬金術：ＭＡＸ】【調理：ＭＡＸ】【手芸：ＭＡＸ】
【使役術：ＭＡＸ】【技能譲渡：ＭＡＸ】【念話：ＭＡＸ】
【木材加工：ＭＡＸ】【並列思考：ＭＡＸ】【縮地：ＭＡＸ】
【予知：ＭＡＸ】【咆哮：ＭＡＸ】【幻術：ＭＡＸ】
固有能力：【超成長】【魔導の才】【武道の才】
【全言語】【図書館ＥＸ】【技能取得率上昇】
【原初魔法】【心眼】【ゲート】
称　号　：努力者　勉強家　従魔使い
魔導士　戦士　信仰者
料理人　妖精の友　戦神
挑む者
加　護　：フィーリアの加護　アルティメシスの加護　アルナの加護
ディーネルの加護　フィオルスの加護　ルリアナの加護
オルムの加護

前回見た時はレベル180くらいだった。そこから20もレベルアップしたステータスを見て、達成感を覚えると共に、やっぱり自分が化け物だと再認識する。

「でも、これでもまだまだ爺ちゃんや竜王に勝てる気がしないんだよな……能力値より技術や経験が問題なんだろうか……」

ステータスを見ながらウンウンと唸っていると、最近まで妖精界に帰っていたリーフが現れた。

「主様、また強くなった?」

「うん、昨日レベル上げをしてきたからね」

「やっぱり~。でも、なのになんで悩んでるの?」

「いやちょっとな……自分の未熟さに悩んでいるんだよ」

リーフは「成程~」と言って俺の周りをひらひらと飛び、頭の上に着地した。

「お母さんに頼んでみる? 今の主様なら、前よりもお母さんの特訓についていけると思うよ」

「フレアさんの特訓か……」

リーフから言われた俺は、当時の特訓を思い出して体をブルッと震わせた。

以前、妖精王のフレアさんに、特訓と称してバンバン魔法を撃たれつつ追いかけ回されたのはトラウマなんだけど、あの地獄の鬼ごっこがあったおかげで、強くなったのは確かだ。

どうしようかな、短期間で強くなって迷宮に再挑戦したいというのも事実だし……

「……リーフ、頼めるか？」

「うん、いいよ～。それじゃ、ちょっと待っててね～」

そう言うとリーフは、妖精界へフレアさんを呼びに向かった。

ここ数年で妖精界は落ち着いてきたらしく、フレアさんの仕事量は減ったとの事。最近は、色々な妖精がたまにこっちの世界に遊びに来ているようで、孤独だったリーフにも妖精の友達が増えているらしい。そんなわけで俺の所にいる時間より、妖精界にいるほうが長くなってきた。

とりあえずフレアさんが来るまでに体を慣らしておくか。何をさせられるか分からないしな。そう思って俺は準備運動を始める。

……五分も経たないうちに、リーフがフレアさんを連れて戻ってきた。

フレアさんがニッコリと微笑む。

「アキト君、久しぶりね。元気だった？」

「はい、元気でしたよ。フレアさんもお元気そうですね」

「ええ。最近は激務に追われる事もなくなったしね。リーフちゃんから話は聞いたけど、また私の特訓を受けたいの？」

「はい。今は爺ちゃんに特訓をしてもらうのは避けたいので」

「あ～。負けておいてリオンに教わるのは気が引けるものね。分かったわ」

フレアさん、はっきり言ってくれるな……

その後、フレアさんに準備があると言われたので、俺は訓練所の小屋の中で待つ。しばらくして何故か外から「ドゴンッ！　ドゴンッ！」という重い音が響いてくる。

何も見ないようにしながらビクビクと待っていると、扉が開いたので外に出てみる。

「……なんですかこれ？」

そこには先程までなかった、見上げるような大木が生えていた。それも普通の木ではなく、大量の魔力を感じる。

「とりあえず、ついてくれば分かるわ」

「あっ、はい」

フレアさんに先導されながら、その見た事もない巨木の根本にある扉を開け、中に入る。

俺は声を失った。

だって、木の中に入ったはずなのに、見上げると空があり、太陽も存在しているのだから。

「な、なんですかここは？」

「妖精界よ。さっきの木は、こっちに人間を入れるための扉みたいなものなの。まあ、一度だけしか通れない、一方通行の扉だけどね」

一度だけ通るために、あんな大きな木を生やさなきゃ駄目って……凄い手間だな。

って、ちょっと待て。一方通行って事は、俺戻れないんじゃ!?

「えっ？　俺は帰れるんですか？」

「そっちで暮らす者を入れる時が難しいだけで、出る時は簡単なのよ。出口もあるし、アキト君なら転移魔法でも出られるわ。それに、アキト君の魔力をさっき妖精界に入った時に登録しておいたから、これからはいつでも妖精界を行き来できるわよ」

「えっ、いいんですか？　俺がそんなに簡単に妖精界へ来られちゃっても」

「問題ないわよ。だって、私が決めた事だもの。ここじゃ妖精王である私がルールよ？　反対する者はいないわ」

フレアさんは笑顔でそう言うと、訓練所に俺を案内してくれた。

移動中、俺は妖精界の景色に見とれていた。妖精界は幻想的な雰囲気に包まれていて、いつまでも眺めていたくなってしまう。

「さぁ、着いたわよ」

フレアさんに言われてハッとする。気付くと、いつの間にか目の前に扉が現れていた。

フレアさんに続いて中に入ると、そこは何もないだだっ広い空間で、四人の妖精が佇《たたず》んでいる。

「待たせちゃったわね〜。ごめんなさい」

フレアさんは四人にそう言うと、一人ずつ俺に紹介してくれた。

なんとここにいるのは、火・水・風・土の属性を司る妖精の中で一番の力がある者達だという。

妖精達が口々に言う。

「よろしくアキト君。君の事は妖精王様からよく聞いているよ」

「アキト君、君は本当に魔力が凄いね〜」

「ふむふむ、素質は最高級ですな」

「よろしくね。アキト君」

一通り挨拶が終わったところで、フレアさんが言う。

「今回の特訓は、この子達に協力してもらう事にしたのよ。私一人でやるよりも効率がいいし、皆もアキト君に会いたいって言ってたからね」

「な、成程？　えっ、って事は、俺はこれからこの方達プラス、フレアさんから追いかけ回される感じですか？」

「ふふ、あれはもういいわよ」

俺の言葉に、フレアさんは笑みをこぼした。

あの地獄の追いかけっこはもうないのかと一瞬安堵しかけるけど……なんか不安だ。

「あれよりも、もっと凄い特訓を用意してるわ」

心の底から楽しそうな声色で、フレアさんが言う。

「ッ！」

やっぱり、嫌な予感は当たっちゃったみたいだ。

四人の妖精達は、なぜか妖精王に感動したような眼差しを向けている。

もしかしなくとも、俺は前回の地獄の特訓よりも辛い事をやらされるのだろう。いや、でも地獄くらい通らないとあの化け物達には勝てる気がしない！

ただまあ、死なない事だけは約束してほしいが。

「さて、アキト君には時間がなさそうだし、早速特訓を始めましょうか」

「よ、よろしくお願いします」

俺は改めて集まってくれた妖精達に頭を下げる。

◇　◇　◇

こうして地獄の特訓・第二弾が始まった。

まず、特訓内容を説明される。今回は、基礎能力を強化する事を目的としているみたいだ。フレアさんの考えで、三つの能力値に応じてそれぞれに妖精をつけてくれた。

〝筋力〟には、火の妖精ファルムさんと土の妖精ドゥラさん。〝魔力〟には、水の妖精ニルスさんと妖精王フレアさん。〝敏捷〟には、風の妖精フィーさんがつく事になった。

「……魔力の担当が一番怖いんですけど」

「あら、それは私が怖いって言いたいのかしら？　まあでも安心して。基礎能力の強化ではそんなに厳しくはしないわ」

「……」

そんなにって……他の特訓が思いやられる。

まず筋力の特訓から始めるみたいで、担当のファルムさんとドゥラさん以外が、一旦部屋からいなくなった。

ファルムさんが尋ねてくる。

「アキト君の戦闘スタイルは魔法だよね？」

「はい。一応剣術とかもできますけど、基本は魔法ですね」

「成程。では、攻撃よりも防御の筋力を上げる方向性でいこうか。ドゥラ、頼めるかい？」

「了解じゃ」

ファルムさんがドゥラさんに声をかけると、巨大な土の塊にドゥラさんが魔力を込める。すると土塊《つちくれ》は、数体のゴーレムへ変身した。

「あの、もしかしなくてもそこのゴーレム達と戦うんですか？」

「ううん、戦わないよ。ただ、アキト君には防御をしてもらうだけ。攻撃は一切しなくていいから、ただ守り続けるんだ。勿論、魔法使うのも逃げるのも禁止ね」

「わ、分かりました……」

恐ろしい特訓内容だったけれど、なんとなくそんな気はしていたので、特に抗議せず特訓を始める。

「アキト君、一応言っておくけど、そこのゴーレム達はドゥラの魔力が入ってるから力強いよ～。

中途半端な力じゃ押しきられて吹っ飛ばされるから、ちゃんと自分の筋力を上手く使って防御をするんだよ」

「分かりました」

ファルムさんからの忠告を受けて、迫ってくるゴーレムを防御の体勢で迎える。

逃げるのもなし、と言われているので、正面から攻撃を受けきるしかない。

「ぐッ！」

「アキト君、それじゃ駄目だよ。ちゃんと力を上手く使わないと。受ける腕と支える足、そして重心を意識するんだ」

「はい！」

こうして俺は、くり返しゴーレムの強烈な攻撃を受け続けた。

ファルムさんから何度も駄目出しをされつつ、立て続けにゴーレムへ挑む。


しばらくすると、あれ程重かったゴーレムの攻撃も、軽く受け流せるようになっていた。ステータスを確認すると【防御の構え】というスキルが出現していた。

「様《さま》になってきたと思っていたけど、まさかこんなに早くスキルが発現するとはね。流石、アキト君だね」

「ハハハ……でももう一歩も動けませんけどね……足がパンパンです……」

するとファルムさんとドゥラさんが口々に言う。

「いや、逆にもちすぎだよ～」

「そうじゃよ。儂らもアキト君はやれる子と知っていたから、一時間程は耐えられると思っていたのじゃが、まさか三時間も頑張るとはのう」

「全くだよ。アキト君は能力だけに頼る人じゃないって知っていたけど、ここまで根性があるとは思わなかった。素直に凄いと感じたよ」

「あはは、ありがとうございます。覚悟をして挑みましたし、せっかくつき合ってもらってるのに直ぐにへバるのも失礼だと思いまして」

一応、褒めてもらえるだけの頑張りはできたって事かな。


そして俺は疲れを取るために、ファルムさん達と一緒に妖精界の温泉に入らせてもらう。

「いいんですか。俺人間ですよ？」

「大丈夫だよ。妖精王様に許可は貰ってるから」

温泉に着くと服を脱ぎ、体を洗ってからゆっくり湯船に浸かる。すると直ぐに、この温泉の効能を感じ取った。

ああ、特訓で疲れきった体が癒されていく……凄い回復効果だな……

「どうだい？」

「凄く気持ちいいです。こんな温泉初めてです……」

「ふふ、喜んでもらえて良かったよ。私達は、妖精王様に特訓の報告をしに行ってくるから、好きなだけ入っててていいよ」

「はい……」

そう言ってファルムさん達がいなくなった後、俺はぼんやりと空を見上げながら肩までお湯に浸かり、体を癒したのだった。

第13話　地獄の特訓

「くぁ～、温泉気持ち良かったぁ～」

一時間程温泉に浸かり、体の疲れが十分に取れた。

今は温泉施設にある休憩所で、ラフな服装に着替えて横になっている。

「あっ、主様。いた～」

「んっ、リーフか。どうしたんだ？」

「ファルムさん達から特訓が終わったって聞いてきたんだけど、男湯には行けないし、他の所で暇潰していたの」

　リーフは寝転んだ俺の腹の上に座って「どうだった？」と尋ねてきた。

「うん。強くなった気はするよ。今まで適当にやっていた防御の仕方を一から教わったからね。爺ちゃんとの接近戦だと防御の効果がないけど、竜王との戦いでは使えそうだから、いい経験になったよ」

「そっか〜、良かったね〜」

「あぁ、良かったよ。リーフが妖精王に頼んでくれたおかげだ。ありがとな」

「どういたしまして〜」

　俺にお礼を言われたのが嬉しかったのか、リーフは腹の上から退《ど》いてフヨフヨと飛んでいった。

　しばらくして、ファルムさん達が戻ってきた。

「どう？　疲れは取れた？」

「はい、特訓前よりも体の調子がいいです。そろそろ再開しますか？」

「いや、今日はさっきので終わりだよ。妖精王様にも報告したけど、帰って構わないって」

　俺は驚いてしまった。

「えっ、今日は筋力強化だけなんですか？　他の特訓とかは？」

「うん。一気にやっても、アキト君の身につかないと思うから、数日間に分けてじっくりとやるって妖精王様が言ってたよ。アキト君に時間がないのは分かってるそうだけど、身につかないと意味がないからね」

「成程。今日の特訓だけでも、これまでの自分に足りないものを実感したしな。じゃあ、指示に従って今日は帰りますね……次はいつ来たらいいですか？」

「それは、私達で話し合うように言われたよ。しばらくは、私とドゥラで君を特訓するらしいんだけど、どうしようか？」

俺は、次の特訓を明日に組んでもらう事にした。

そして転移魔法を使って、本当に妖精界から元の世界に戻れるかも試してみる。

「……おおー、帰ってこられたか。っと、もう一つ確かめないと」

俺は、妖精界に入るために再び転移魔法を使う。すると、思い浮かべていた温泉施設に移動していて、本当に転移魔法で行き来できる事が分かった。しかし帰ったはずの俺がまたすぐ来た事に、ファルムさん達がびっくりしていた。

俺は慌てて事情を説明してから、もう一度帰宅する。


「気付かなかったけど、もうこっちでは昼時か……道理で腹が減ったわけだ。朝飯も食わずに特訓していたからな……」

飯を食べていない、そう認識した瞬間、腹の虫が「ぐぅ～」と鳴いた。

俺は、食堂に移動して昼食を作ってもらった。一人で食べながら、午後はどうするか考える。

レオンを誘って迷宮でレベリングもいいが、奴もレベルアップした魔法の威力を確認すると言っていたし、一日空けて誘ったほうがいいだろう。

「一人で迷宮に行くか……いや、それをやったらレオンが怒るだろうな」

特訓の疲れもあり、段々と考えるのが面倒になってきた。

本でも読んで休憩しようと思い、図書室に向かう。ここ最近、特訓やらゲーム開発やらで忙しくて、読書の時間もなかったしちょうどいいだろう。前まで読んでいたシリーズ物の本を手に取り、残りの半日は読書して過ごした。


翌日——俺は特訓に行く前に、レオンと次の迷宮探索の日を話し合う。

次に行くのは明後日に決まった。父さんにもその事を伝えてから妖精界へ向かう。

こうして今日も俺は、複数のゴーレムからひたすら殴られ、防御するという特訓を繰り返す。

「よし、アキト君。次のステップに移ろうか。本当はもう少し必要かと思ってたけど、アキト君は筋がいいからね」

ファルムさんにそう言われて嬉しく思ったのも束《つか》の間《ま》、目の前に現れた先程よりも巨大なゴーレム軍団に、俺は言葉を失った。

「……ッ！」

すぐさまこの場から離脱を試みる俺。

「逃げちゃ駄目だよ。アキト君」

「ヒッ！」

しかし、直ぐにファルムさんに捕まり、逃亡を阻止《そし》されてしまう。

「ファルムさん！　なんですかあれは⁉」

「ゴーレムだよ。ただちょっとだけさっきまでより、大きくて速くて重いゴーレムだけどね」

「つまり上位互換《じょういごかん》ですよね⁉　さっきまでの特訓の強化版をやらされるんでしょ⁉」

「正解！　さっすが、アキト君だね。私の思考を読み取ったのかな？」

くそうッ、いい笑顔で言いやがって！　何が次のステップだ、内容的には同じじゃねーか！　あのゴーレム達に迫られたら、真面目に俺死ぬぞ⁉

「読み取らなくても分かりますよ⁉　というか、あれは流石に無理ですよ！」

「アキト君、人間、無理って思った時程力が出るもんだよ。さぁ、特訓の再開だよ！」

「イヤァァァァァ‼」

ファルムさんの合図と共にゴーレム達が動き出し、俺は悲鳴をあげた。しかし生き残るために、叩き込まれた防御の構えを取る。ガキィンと音がして、ゴーレムの攻撃を防ぐ事ができた。

ファルムさんが呑気に言う。

「ほらっ、案外いけるもんでしょ？」

「ほらっ、じゃないですよ⁉　ギリギリですよッ！　マジで足プルプルしてますよ！」

マジでヤバいってこの重量は！　さっきから重さで足が震えてるよ！

「大丈夫大丈夫、ドゥラはゴーレム操作が上手いから、アキト君が耐えられるギリギリを見極めて力の制御をしてくれるよ」

ドゥラさんが後方でゴーレムを操作しながら、サムズアップをしているのが見える。

「おう、任せろ」

「じゃあ、早く緩めてくださいよ！　もう限界なんですよッ！」

俺は叫ぶが、ドゥラさんもファルムさんも聞く耳を持ってくれない。

むしろ他のゴーレム達まで動かし始め、俺は取り囲まれていく。

「さぁ、アキト君。無事に特訓を乗り越えてね！」

その時、俺の中で何かが弾けた。

理不尽に晒《さら》された時に、たまに出てくる「もうどうなってもいい！」という感情が爆発する。

「やってやらぁぁぁぁ!!」

そして、俺は迫りくるゴーレム達の猛攻を、ただただ耐え続けた。

殴られては耐え、吹っ飛ばされそうになっても耐え、燃えるように熱くても耐え——凍《こお》りそうに寒くても耐え、俺は様々な属性を付与されたゴーレム達の、多種多様な攻撃に耐え続けたのだった。

「……アキト君って、本当に凄いね。絶対途中で倒れると思っていたのに、まさか全部の攻撃に耐えるなんて」

「そう思ってたんなら、やめてくださいよ……」

俺は地面に横たわりながら、ファルムさんに言った。

ってか真面目に俺、凄くないか？　あの理不尽な猛攻に耐えたって……

「何処までいけるのか、試してたら楽しくなっちゃって！　止める気持ちが途中から消えちゃってたよ。ごめんね、アキト君」

「……」

俺はジト目でファルムさんを見やる。

最初は優しそうな人だと思ってたのに、とんだ鬼畜《きちく》教官だったよ。

「そ、そんな目で見ないでよ。ほ、ほら、昨日今日の特訓でかな～り強くなってるから、ステータス見てみなよ。そしたら気持ちも変わるから！」

……まあ、確かに強くなったという実感はある。が、ここはちゃんと変化を見て、ファルムさんの言葉の真偽を確かめるか。

そう思った俺は、地面に横たわったままステータスを調べた。

名　前　：アキト・フォン・クローウェン
年　齢　：10

種　族：クォーターエルフ
身　分：王族、公爵
性　別：男
属　性：全
レベル：204
筋　力：18204
魔　力：27421
敏　捷：15987
　運　：78
スキル：【鑑定：MAX】【剣術：MAX】【身体能力強化：MAX】
【気配察知：MAX】【全属性魔法：MAX】【魔法強化：MAX】
【無詠唱：MAX】【念力：MAX】【魔力探知：MAX】
【瞑想：MAX】【威圧：MAX】【指揮：MAX】
【付与術：MAX】【偽装：MAX】【信仰心：MAX】
【錬金術：MAX】【調理：MAX】【手芸：MAX】
【使役術：MAX】【技能譲渡：MAX】【念話：MAX】
【木材加工：MAX】【並列思考：MAX】【縮地：MAX】

【予知：ＭＡＸ】【咆哮：ＭＡＸ】【幻術：ＭＡＸ】
【防御の構え：ＭＡＸ】【精神耐性：ＭＡＸ】
固有能力：【超成長】【魔導の才】【武道の才】
【全言語】【図書館ＥＸ】【技能取得率上昇】
【原初魔法】【心眼】【ゲート】
称　号：努力者　勉強家　従魔使い
魔導士　戦士　信仰者
料理人　妖精の友　戦神
挑む者
加　護：フィーリアの加護　アルティメシスの加護　アルナの加護
ディーネルの加護　フィオルスの加護　ルリアナの加護
オルムの加護

筋力が１７００程上がっている。新しく手に入れたスキル【防御の構え】と【精神耐性】も、二つともマックスまで上がっていた。というか、とうとう【精神耐性】のスキルを手に入れてしまったか。十歳児なのに……

「どうだい、結構変わっていたんじゃないかな？」

ファルムさんがニコニコしながら聞いてきた。

「ええ。まあ、変わっていましたね。変わってほしくないところも変わってましたけど……」

拷問レベルの辛さに耐えて得られるスキル、【精神耐性】を見つめながら、俺はそう呟いた。

それから、しばらく休憩を挟んだ。おかげで大分体が動くようになり、温泉へ向かう。

その時にファルムさんから、明日から魔力と敏捷のどちらの特訓に移るかと尋ねられた。

「えっ、もう筋力の特訓は終わりなんですか？」

「うん、後はアキト君の努力次第だよ」

俺が魔力の特訓を希望すると、ファルムさんとドゥラさんはフレアさんの所へ今日の報告に行ってしまった。

温泉で疲れを取った俺は妖精界から元の世界へ戻り、クローウェン領でゲーム制作の経過や、その他諸々の報告をシャルルから受けた。

◇　◇　◇

そして翌日、妖精界のいつもの訓練所へ訪れると、フレアさんとニルスさんが待機していた。

「おはようございます。フレアさん、ニルスさん」

「おはよう、アキト君」

「おはよー、アキト君。今日からよろしくね～」

挨拶を済ませ、早速開始する。

特訓の詳細を聞くと、【原初魔法】の完全習得を目標に、魔力の能力値を上げるとの事だった。

「【原初魔法】の完全習得って……今の俺にできるんですか？　爺ちゃんやリーフでもできてないって聞いてます……」

「ええ、可能よ。リオンの場合は性格的に攻撃魔法特化でしょ？　それで完全習得できないのよ。逆にリーフちゃんは温厚だから、攻撃魔法がそんなに得意じゃないの」

「……つまり、性格のせいで適性に偏《かたよ》りがあると」

「そう。でもアキト君は攻撃と防御、どちらにも適性があるでしょ？　だから、完全習得が可能なのよ」

フレアさんに続いてニルスさんが言う。

「凄いね～、アキト君！　【原初魔法】の完全習得をしてるのって、今は妖精王様だけなのよ！もし、アキト君に【原初魔法】の完全習得ができたら、世界で二人目って事になるね！」

世界で二人目……爺ちゃんですら到達できなかった事が可能……そう言われると、メチャクチャやる気が湧いてきたぞ！

「どう、アキト君。やってみる？」

「……やります。いや、やらせてください！」

「いい返事ね。じゃ、早速特訓を始めましょうか」

嬉しそうな笑みを見せたフレアさんは、ニルスさんと準備を始める。

と、まあ最初は俺も乗せられて、やる気に満ち溢れていたが……やはりフレアさんの特訓は〝鬼畜〟だった。

「はい、アキト君。次よ」

「ヒィィィ！」

「どんどんいくよ～、アキト君！」

特訓が始まった途端、俺はニルスさんが作った水の竜を相手に、不利な火属性の【原初魔法】を使って戦っていた。

不利な状態で相手に挑み、基礎を固め直す……そういうタイプの特訓なら、筋力強化の時と変わらないように思えるかもしれない。だがそれに加えて、フレアさんから弱体化の魔法をかけられ続けている。その弱体化を和らげるために、支援系の【原初魔法】を自身にかけて、魔法の威力が弱らないようにしながら、苦手属性の水竜を倒す必要があるのだが……

「ほらほら、アキト君。魔法の威力が弱っているわよ！」

「わ、分かってます！」

フレアさんから指摘されるけど、俺の支援魔法より強力な弱体化魔法をかけてくるので、ニルスさんの水竜よりよっぽど厄介だよ。

こんな無茶な特訓が長く続くはずもなく、俺は一時間で魔力切れを起こして倒れてしまった。

第14話　猛特訓

フレアさんとニルスさんによる特訓初日に、ダウンさせられた俺――あの後の記憶はほぼない。

覚えているのは、なんとか温泉に浸かってクローウェンの居城に帰ったところまで。

それで今ようやく目覚めたところだけど、腹の減り具合からして、夕飯も食べずにそのまま寝続けていたんだな。

「それにしてもヤバかったな。ファルムさん達の特訓もきつかったけど、フレアさん達のは次元が違うよ。あんなに辛い特訓、今まで受けた事がない……」

俺の魔力は約三万もあるのに、たった一時間で枯渇させられていた。それでまだ完全に回復していないにもかかわらず、今日はレオンと約束した迷宮探索の日だ。

げっそりした俺の様子を見て、レオンが言う。

「迷宮に行く前からフラフラしてるって、今まで何してたんだよ」

「特訓の疲れが取れてないんだよ……」

「……誰に特訓させられてるんだ？」

「妖精王」

「あぁ……お疲れ」

レオンに労《ねぎら》われつつ、迷宮に入ったのだが、ヘトヘトの俺はこの間のようにはいかない。レオンに迷惑をかけてしまい、百階層辺りで帰還する事に決めた。

「すまんレオン……」

「別に気にしていない。今日は俺の特訓をしに来たと思えばいいしな。それより、無理をしてまで来るなよ。迷宮の魔物が溢れないように狩るくらい、俺だけでできるんだからな？」

返す言葉もなく、反省するしかなかった。

レオンが俺を心配するように言う。

「まあ、アキトはアキトで頑張れよ。俺は俺で、レベル上げに専念しておくよ」

「ああ、頼むよ。俺も、ちゃんと強くなって戻ってくる」

今日は早めに解散した。


昼過ぎに帰宅してきた俺は、疲れが残っていると明日からの特訓に響いてしまうと思い、妖精界に転移して温泉に浸かる事にした。

いつもは貸しきり状態なのに、今日は先客がいた。

「あれ、アキト君。特訓はお休みの日だったよね？」

「お休みですよ。ただ、昨日の疲れが残っているので温泉に浸かりに来たんです」

その先客とは、先日まで俺の特訓につき合ってくれていた火の妖精・ファルムさんだった。今まで知らなかったけれど、ファルムさんは温泉好きらしい。

「どうだい、妖精王様の特訓は？」

「正直、ファルムさん達の特訓が可愛く思えるくらい辛いですね。前に受けた地獄と思った特訓よりも更にキツいです……」

「あはは。まあそうだろうね。妖精王様の力はもう知ってると思うけど、ニルスちゃんも妖精界では私達よりも格上だからね。単純な攻撃魔法なら妖精王様の次に強いんだよ」

「うう……」

やっぱりそうだったか。攻撃魔法の威力が尋常じゃなかったもんな……普通に爺ちゃんよりも強力で、何度もフッ飛ばされたよ。

「それに、妖精王様、凄く楽しそうなんだよね」

「楽しい？」

あの鬼畜特訓を楽しんでいるのか!?　そう思ってとギョッとした俺に、ファルムさんが慌てて言う。

「いや、違うよ。自分の魔法を人に教えられる事がね。妖精王様の契約者の人は攻撃魔法寄りで、リーフちゃんは支援魔法寄りだから、自分の全てを教えられる相手がいなかったでしょ。そこに完全習得できそうなアキト君が現れて、教える事が楽しくて仕方ないんだと思うよ」

あぁ……確かに特訓が始まる時に、そんな事を言っていたな。

「今日アキト君の特訓はないけど、妖精王様、朝からご機嫌で仕事をしていたよ。明日の特訓が楽しみだって、ニルスちゃんに言ってたし」

俺は、ありがたいような迷惑なような、複雑な気持ちになりながら言う。

「……とりあえず、死なないように気合入れて頑張ります」

「うん、私も応援してるよ」

その後も俺はファルムさんとお喋りをしながら、のんびりと温泉に浸かった。

そのおかげか、疲れは大分取れた。明日の特訓は、万全の状態でいけそうだ。

◇　◇　◇

そして翌日、昨日より体が軽く、朝から調子が良かった。

「これなら、特訓も頑張れそうだな。その前にちゃんと腹ごしらえをしないと」

それから俺は、食堂に行き、食事をとりながら父さん達と最近の事を話した後、妖精界へ向かった。

さてと、今日も地獄より辛い特訓が始まるな……せめてこの間よりもつように頑張ろう。

俺はそう意気込むと、フレアさん達の特訓に挑んだ。

そう、確かに意気込んで、挑んだのだ……

「はぁ、はぁ、はぁ……な、なんでこの間より強い魔法なんですか……」

「この間は抑えてたからだよ～。でも、アキト君がやる気に満ち溢れてたから私も本気を出してるんだ！　ほらほら、アキト君いっくよ～」

「くッ！」

開始早々、俺の気合に気付いたようで、ニルスさんは先日よりも更に威力が増した魔法を放ってきた。フレアさんはそれを止める事もしない。

というか、フレアさんも楽しそうな表情をしてるし！　魔法の威力がこの間よりも強いし！

確かに、この間は手加減されてると思ってたけどさ！　いくら俺にやる気があるとはいえ、妖精界最強レベルの癖に、二人して本気出さなくてもいいじゃないかッ！

「グボボボ……」

そして、俺は水の竜の中へ呑み込まれ、水を大量に飲んで溺《おぼ》れてしまったのだった。

そこで一旦休憩となり、俺は地面に横たわったままフレアさん達のほうをジト目で睨みつけた。

一応やりすぎたと感じているのか、フレアさんとニルスさんは、俺と目を合わせないようにしている。

そんな二人に向けて、俺はぶつくさと呟く。

「訓練つけてくれるのはありがたいですよ？　頼んだのは俺だし、時間も割いてもらってるし、今日は頑張ろうと意気込んできました。でも、お二人もテンション上がって全力で来るのはやめてもらえますか!?　俺が毎回溺れてたら、特訓どころじゃないじゃないですか！」

「ご、ごめんなさい……」

「ごめんね、アキト君……」

二人はしゅんとした様子で言う。本当に反省しているみたいだった。

そこで俺は、用意してきたエリクサーを飲み、体力・気力・魔力を回復させた。今日は徹底的に特訓してもらおうと意気込んできたのは本当だからね。

そして、戦いを再開する。

「アキト君、このくらいなら大丈夫？」

「もう少しいけますよ、ニルスさん。先日の威力くらいがちょうど訓練に向いていたので。フレアさんももう少し弱体化の威力上げても大丈夫です」

再開後、妖精の二人がフルパワーで暴走するだけの特訓はもうやめようという話になり、互いに力量を確認しながら戦う。

「はーい」

「分かったわ、このくらいかしら？」

そのおかげで、やっと特訓らしい特訓を行う事ができ、支援系の【原初魔法】の使い方も大分覚えられてきた。


「それにしてもアキト君って、本当に物覚えがいいわよね？　加護持ちとはいえ、ここまでの速さで習得できる子はなかなかいないんじゃないかしら？」

何度目かの休憩時にフレアさんが言うと、ニルスさんも相槌を打った。

不思議そうな二人に、俺は説明する。

「あ～、加護の力もあるんですけど、ほら、俺って転生者ですから。ガチャの結果でスキルに関連した能力を当てたんですよ」

「そういえばアキト君、転生者だったわね。アキト君と関わる時って大抵魔法の事ばかりで、前世の話なんて全く出てこないから、転生者だってつい忘れるのよね」

「……確かに前世の事を話す機会は、あまりありませんからね。まあ、ガチャの結果でって感じですよ。アルティメシス様から、何か聞いてませんか？」

久しぶりにアルティメシス様の名前を口にすると、突然俺達のいる場所に光が集まって、人型になった。

この派手な登場の仕方、もしかして――

「呼ばれて出てきた主神です！　最近、アキト君、私の所に来てくれなくて寂しいよ～」

もしかしなくても、主神アルティメシス様だった。

「……特訓で忙しいんで、お帰りください」

「酷いッ！」

突如現れた主神に対し素っ気《そけ》なく言うと、フレアさんがちょんちょんと俺の背中をつつく。

「ねぇ今更だけど、アキト君のガチャ結果って聞いてもいいかしら？」

「あ～……どうなんですかね？　アルティメシス様、ガチャ結果って人に教えてもいいんですか？」

フィーリア様からは「悪い神もいるから気を付けろ」と言われたけど、特に制約があるとは言われなかった気がする。

「う～ん、喋ったら駄目ってルールあったかな？　まあ、でもあまり言いふらさないほうがいいとは思うよ」

まあ、確かにスキルとかステータスって、人にばらすと実戦で不利になるだろうしね。

「そうですよね。じゃあ、まあ簡単に言えば、スキルが早く成長する能力を持ってる感じです」

「成程ね。それでスキルを覚えるのも、スキルレベルが上がるのも早いって事ね」

「凄いね～、アキト君」

フレアさんは納得したような顔をし、ニルスさんは楽しそうに笑っていた。

本当になんの用事もなく、ただ呼ばれて来ただけのアルティメシス様は神界へ帰り、俺達は特訓を再開した。アルティメシス様、本当に暇なんだろうな。

「アキト君、まだいけるー？」

「はい、もう少し威力上げても大丈夫です！」

再開後もギリギリの攻防を続け、自分の限界を超えていくような訓練を行った。

大分慣れてきたとはいえ、まだまだ【原初魔法】の完全習得は難しく、少し意識が逸れただけで直ぐに魔力の調整を間違ってしまう。こうして今日の特訓が終わった。

「ふぅ……しかし、日に日に魔力が上がってきてるなあ。このままいけば三万超えるかな……」

いつものように温泉に入っていた俺は、自分のステータスを確認しながらそう口にした。

名　前：アキト・フォン・クローウェン
年　齢：10
種　族：クォーターエルフ
身　分：王族、公爵
性　別：男
属　性：全

レベル：205
筋　力：18317
魔　力：28102
敏　捷：16017
　運　：78
スキル：【鑑定：MAX】【剣術：MAX】【身体能力強化：MAX】
【気配察知：MAX】【全属性魔法：MAX】【魔法強化：MAX】
【無詠唱：MAX】【念力：MAX】【魔力探知：MAX】
【瞑想：MAX】【威圧：MAX】【指揮：MAX】
【付与術：MAX】【偽装：MAX】【信仰心：MAX】
【錬金術：MAX】【調理：MAX】【手芸：MAX】
【使役術：MAX】【技能譲渡：MAX】【念話：MAX】
【木材加工：MAX】【並列思考：MAX】【縮地：MAX】
【予知：MAX】【咆哮：MAX】【幻術：MAX】
【防御の構え：MAX】【精神耐性：MAX】【直感：4】
【忍耐力：3】【魔法耐性：4】
固有能力：【超成長】【魔導の才】【武道の才】

【全言語】【図書館EX】【技能取得率上昇】
【原初魔法】【心眼】【ゲート】

称　号　：努力者　勉強家　従魔使い
魔導士　戦士　信仰者
料理人　妖精の友　戦神
挑む者

加　護　：フィーリアの加護　アルティメシスの加護　アルナの加護
ディーネルの加護　フィオルスの加護　ルリアナの加護
オルムの加護

「うん、たった数日で約700も能力値が上がるって、よほど特訓がキツいんだってよく分かるな……」

それに、いつの間にか新たなスキルもたくさん増えている。何気《なにげ》に【魔法耐性】を取得していた事に、少しだけありがたみを感じた。

「でも、これだけ強くなっても爺ちゃんや竜王には勝てる気がしないんだよな……」

この間の戦いで、爺ちゃんの本気を見せてもらった。実際目の当たりにしてみると俺との差は歴然としていて、爺ちゃんにはその人生で培《つちか》ってきた戦いの知識のようなものがあった。

竜王に関しては、もう何処がとは言えないレベルで、全てにおいて俺に勝っている。あの竜王に爺ちゃんは勝利したって……マジで凄すぎるな。

「あ～、どうせ俺が特訓してる間にも、爺ちゃんはどっかで鍛えてるんだろうな。早く【原初魔法】を完全習得して、更にパワーアップしないと……」

考えれば考える程やる事に溢れていて、悩みも膨れ上がってくる。

まあ、かといって悩んでばかりもいられないよね。

というわけで、もっと厳しい特訓をするため、敏捷担当のフィーさんにも参加してもらう事にした。

フィーさんが参加した後の特訓はより一層辛くなったが、自分が強くなってきていると、今まで以上に実感できた。

取り組んだ課題は、魔力の調整、多方面から放たれる色々な属性の魔法への対処、身体的能力の向上、その他諸々の能力の強化などなど。

妖精界での特訓開始から約二週間で、俺は妖精王のフレアさんの想像を超えた強さを手に入れる事ができた。

そして、フレアさんの念願でもあった〝【原初魔法】完全習得〟を達成。俺は世界で二人目の【原初魔法】の使い手となったのだった。

第15話　特訓の終わり

長いようで短かった特訓が終わった。当初は一ヵ月程かかる予定だったんだけど、終わってみればその半分しかかからなかった。俺の驚異的な成長力に、フレアさんもびっくりしていた。

「アキト君。また強くなりたくなったら、言ってね。いつでも特訓してあげるから」

「その時はお願いします。でも、特訓がなくてもたまに遊びに来てもいいですか？」

「ええ。アキト君なら歓迎するわ。ねっ、皆？」

フレアさんの言葉に、俺を見送りに来てくれていたファルムさん達が頷く。それに加えて、一般の妖精達も「いつでも、どうぞ！」と言う。

皆を代表するように、フレアさんが笑みを浮かべて言う。

「この通り、皆待ってるからね、暇な時にいらっしゃい」

「はい。それじゃ、そろそろ行きますね。鍛えていただきありがとうございました！」

フレアさん、ファルムさん、ドゥラさん、ニルスさん、フィーさん、そして見守ってくれた妖精達に頭を下げ、俺は元の世界へ帰った。

まず父さんに報告しに行くと、父さんは首を傾げながら問う。

「随分と早かったね。予定じゃ、もうちょっとかかるんじゃなかったの？」

「うん、俺が優秀だったから、予定より早く目標を達成しちゃったんだ」

「成程、流石アキトだね。まあ、目の前のアキトの雰囲気を見るだけで、強くなったんだと分かるよ。相当、頑張ったんだね」

息子の成長が嬉しいのか、父さんはそう言いつつ俺の頭を優しく撫でた。

それから俺は、母さんの所に顔を出す。

分かってはいたけど、部屋に入るなり母さんに思いっきり抱きしめられ、俺は呼吸困難になりかけた。

「……ふぁ、ふぁらいま、母さん」

酸素不足でふらふらになりながらも、なんとか口にする。

「アキト、お帰りなさい」

すると母さんは優しく言って、今度は後ろから包み込むように抱きしめてくれた。

それから姉さんと兄さんも母さんの部屋にやって来て、後ろからは母さん、前からは姉さんに抱きしめられる。少女から女性へ変わりつつある姉さんは、とある部分が母親譲りに成長していて、呼吸困難とまではいかないけど、少し苦しい思いを味わった。

そんなふうに母娘サンドイッチされている俺を、兄さんは笑いながら眺めて、「おかえり、アキト」と言ってくれた。

「ふぅ……死ぬかと思った……」

なんとか母娘のホールドから抜け出した俺は、自分の部屋に戻ると、ソファーにドサッと座った。

「母親と姉に息の根を止められそうになるって、普通に笑い話だな」

後ろから聞こえてきたのは、レオンの声だ。

「……見てたのか」

「見てたというか、見えたって感じだな。ちょうどアキトの魔力を感じてやって来たところに、さっきの光景が広がってたってわけだ」

「そうかい……っと、レオン。待たせて悪かったな。無事に特訓を終えて、強くなって戻ってきたよ」

「……みたいだな、雰囲気だけで分かる。相当強くなっただろ」

レオンは、俺の全身を見てそう言った。父さんですら俺の変化に気付いていたし、レオンにはなおの事、俺の変化がはっきり分かるのだろう。

特訓の甲斐があったなと思いながら、レオンに言う。

「まあな、ステータスは、迷宮で実戦した後に見せるよ。そっちのほうが数値だけ見るより、お前が信じられるだろ？」

「別に疑う事もないけどな。半端に数字だけ言われても現実味がないから、そのほうがいい。それでどうする？　明日にでも行くか？　一応、迷宮には定期的に俺が行って、魔物の駆除はしてるから、急ぐ必要はないぞ」

「う～ん、そうだな。随分長い間婚約者をほったらかしにしちゃったし、明日はアリスのために一日使ってもいいか？」

特訓をしていたとはいえ、ここしばらく俺はアリスと会ってすらいない。特訓に専念すると話しておいたものの、それでも放置していたのは変わらない。

レオンは納得いかなそうな顔をする。

「一日だけでいいのか？　相当、放置してたんだろ？」

「まあ……」

「なら、もう少し時間を充ててやれ。迷宮は俺がなんとかしておくから」

俺は、思わずレオンに「いいのか？」と聞き返した。レオンは当たり前のように「ああ、婚約者との時間のほうが大切だからな」と答える。

俺は素直に感謝を伝えると、しばらくアリスと過ごさせてもらう事にした。

アリスの暮らすルーフェリア家の屋敷に出向き、アリスに明日からの予定を聞いた。

折良く空いているとの事だったので「明日から三日間、二人で旅行に行かないか」と提案する。

「えっ、旅行!?」

アリスがびっくりした顔で言う。

「うん。ほら、ここ最近ずっと訓練に集中してて、アリスとの時間を取れてなかっただろ？　だから、しばらく一緒に過ごしたいと思ってさ。駄目かな？」

「ううん。行こう、旅行！　アキト君と二人だけって、久しぶりだね」

アリスは目一杯嬉しそうにそう言ってくれた。

明日迎えにくる時間を伝えて帰宅すると、早々にベッドに横になり、神界のアルティメシス様の所へ向かう。


「アルティメシス様！　良さげな旅行先教えてください！」

「いいよ～」

俺の頼みに、アルティメシス様は気軽に答えると、魔帝国や神聖国がある大陸に存在するという、とある国を紹介してくれた。名前はラクゼリー国といって、観光名所としてここ数年、徐々に知名度が上がってきているらしい。だけど、まだまだ発展中で、人でごった返している程ではないとの事。まったり旅行するにはおあつらえ向きだ。

「いいですね、そこ。ありがとうございます、アルティメシス様」

「アキト君の力になれたのなら良かったよ。旅行、ゆっくり楽しんできてね」

俺はアルティメシス様に見送られながら、こっちの世界のベッドに戻る。

そして旅行の行き先を父さん達に伝え、宿の手配を皇帝に頼む事にした。

「というわけで、皇帝。宿の手配できる？」

いきなり押しかけたが、皇帝はもう慣れた様子で対応してくれる。

「いつもの事ですが、突然来ましたね……えっと、ラクゼリー国の温泉街・リラクの宿でしたら、私の別荘がありますので、お貸ししましょうか？」

「別荘⁉　いいの？」

「はい、別荘用の使用人達もいますので、宿に泊まるより快適な旅行ができると思いますよ」

こうして俺は、ありがたく別荘を貸してもらう事にした。

そのお礼としてエリクサーに加え、俺開発の発毛剤をプレゼントした。最初に会った時から皇帝の頭部は大分寂しくなっていて、気にしていたみたいだったからね。

帰宅した俺は旅行に備えて、ラクゼリー国について【図書館ＥＸ】で調べる。

「へぇ、食べ物も美味しい所なのか。海も近く、山もあって食材が豊富、と……」

竜人国と近い食文化みたいで、海と山、両方の幸を楽しめると書いてある。

また、数年前に温泉が掘り当てられ、観光地として一気に有名になったと、アルティメシス様からの情報通りの事も書いてあった。

俺はアリスが喜びそうなスポットを色々と調べて頭に入れる。

「いい所っぽいな～……旅行が終わったら、今度は貿易するために行こうかな……」

そんな事を思いながら図書館から戻ってくると、旅行の荷物を準備した。

◇　◇　◇

そして翌日、雲一つない快晴に恵まれ、アリスを連れた俺は、まず魔帝国へ移動した。

皇帝に準備してもらった飛行船で、ラクゼリー国へ向かう。

「見えてきたよ、アキト君」

「おっ、本当だ。綺麗な街並みだな～」

空から見下ろすラクゼリー国の温泉街リラクは、所々から湯気《ゆげ》が立ち上っており、温泉街らしい情緒のある雰囲気だった。

飛行船から降りた俺達は、まず皇帝の別荘に案内してもらう。皇帝が所持しているだけあって、街の中でも特に大きな造りの家だ。

別荘に着くと、俺達は早速街へ出かける。

「わぁ～、スルートの街とはまた違った雰囲気だね」

「そうだね。スルートも好きだけど、こっちも落ち着く感じで凄くいいな」

図書館で調べた通り、リラクは何処となく竜人国に似た和風な雰囲気で、洋風なスルートとは違った魅力がある。それに竜人国は暑い気候だったが、リラクは湿度が低く、過ごしやすい。

そんな感じで、リラクの街ならではの良さを堪能しながら、街を散策する。

朝食を抜いてきていたので、散策の途中に、喫茶店のテラス席で軽食をとる事にした。

席に着くと、アリスが凄くいい笑顔で言う。

「旅行に行こうって言われた時は、急でびっくりしたけど、来てみて本当に良かったよ〜」

「あはは、特訓終わって直ぐにアリスの所に行ったからね。レオンから、アリスとの時間を大事にしろって言われてさ」

「そうだったんだね！　それじゃ、旅行が終わったらレオンさんにお礼を言わないとだね。アキト君との時間をくれてありがとうって」

アリスの言う通りだと思い、俺も心の中でレオンに感謝した。

こうしてリラクの散策を終えた俺達は、皇帝に教えてもらった街で一番の温泉に入りに行った。

露天風呂になっていて、お湯の温度もちょうど良く、景色も最高という素晴らしい場所だった。

ちなみに混浴もあったみたいだけど、流石に恥ずかしいのでそこには触れず、男女別々に入った。

「景色、凄かったね〜」

「最高だったな〜」

温泉から出て大満足の俺達は、その温泉施設にある食堂でご飯を食べた。実は昼間に散策をしていた時から、美味そうな料理屋がたくさん目に入ってきたから、楽しみにしていたんだよな。

出された食事は想像以上に豪華で、俺達は「美味しい、美味しい」と言い合いながら、味わって食べた。

こんな感じで、俺達は最高の三日間を過ごした。街の治安も良く、問題に遭遇する事が一度もないまま、ただただ、アリスとの楽しい時間を満喫した。

特訓やなんやらで忙しくしていて、アリスと会えずに距離を感じていた俺は、この旅行でアリスと元通りに戻れたような、いや、更に距離を縮める事ができたような幸せを感じたのだった。

◇　◇　◇

「――アキト、おいアキト！　いつまでニヤニヤしてんだッ！」

「んっ？　ああ、悪い悪い。アリスとの旅行を思い出しててさ。いや～、レオンには感謝しかないよ。アリスとの時間をくれてありがとな」

楽しい旅行から二日後――俺はレオンと迷宮を攻略しに来ていた。既に迷宮に入って一時間程が経ち、階層は百五十を超えている。

レオンが気味悪そうに言ってくる。

「ずっと声をかけてたんだぞ？　なのに、まるで耳に入ってない感じでニヤニヤした顔つきのまま魔物を倒しまくって、心底気持ち悪いわ」

「……気持ち悪いは余計だろ、悪いのは俺だけどさ」

「いやあ、あのアキトを見たら、誰だってそう感じると思うぞ。【原初魔法】だっけ？　あの凄い魔法を連発しながら、ずーっとニヤニヤしてるんだぞ？　戦闘狂というか、異常者だと思われてもおかしくない様子だったな」

「そ、そんなにか？」

いつもの悪口だろうと聞き流していたが、そこまで言われると傷つく。

「いや、まあいい。とりあえず他言はするなよ」

「笑い話にもならない程気持ち悪かったから、言うつもりは最初からねえよ」

「ぐっ……」

レオンの一言が再びグサッときた俺は、一旦休憩を取る事にした。

ここまでの戦闘をレオンに評価してもらう。

「まあ、戦いに関しては凄かったよ。魔法防御が高い魔物に対しては、接近戦で防御を崩してから一気に絶命させてたしな。魔法は魔法で、以前までとは比べ物にならない程高等な使い方になっていたよ」

「そうかそうか」

結構褒められ、先程までの心の痛みが消え、笑みがこぼれる。

休憩を終えると、今度は普通の状態での戦闘をレオンに見てもらう事にした。

フレアさん達に教わった戦い方——防御の仕方、攻撃の仕方、魔法の使い方。学んだ戦術を全てレオンに見せると、レオンはただ一言、「強くなったな」と漏らした。

その後も俺達は迷宮の攻略を続けていった。そして遂に、これまでの階層をはるかに更新した三百階層で、迷宮のボスを倒した。

ボスは他の魔物に比べて強かったが、直ぐに討伐する事ができた。

それから俺とレオンは迷宮から脱出し、外で待つ兵士達に、攻略が終わった事を伝えた。

兵士達を連れてジルニアの王都に戻り、父さんに報告すると、たった二人で攻略してしまった事に仰天されてしまったのだった。

第16話　ゲーム開発

迷宮の攻略から数日が経った頃——俺は特訓で強化された力を試すために、奴隷達と模擬戦をしていた。

誰彼構わず戦うのは、訓練所を荒らしていたレオンと同じになってしまうので、相手は実力があって、かつ俺と戦いたい者だけに絞った。その中には、前から俺と戦いたいと言っていた、ジルの姿もあった。

俺が能力面ではるかに勝っているのに、ジルは剣術の腕だけでいい試合をしてくれた。

「ふぅ～。ジル、ここまでだな。他の皆もありがとう」

「お疲れ様です、アキト様。やはり剣術だけではもうアキト様には勝てそうにないですね」

「まあ、レベルも能力値も俺のほうがはるかに高いからね、そこは仕方ないだろう……そうだ。ここ最近は、チルド村の警備を任せっぱなしにしていたから、しばらく特訓のために暇をやろうか？」

「えっ、いいんですか？」

俺の言葉に、ジルは目を輝かせる。

まあ、ジルやレオンには強くなってもらわないと、いざという時の戦力にならないからね。

「レオンも俺と迷宮攻略をしてレベルアップしたところだし、今度はジルの番って事で、レベル上げに行ってきていいよ」

「ありがとうございます！」

数時間の特訓の旅に出るというジルを見送った俺は奴隷達と少し雑談をして、王都の家に帰宅した。そしてソファーに座り、ステータスを確認する。

名前：アキト・フォン・クローウェン
年齢：10
種族：クォーターエルフ
身分：王族、公爵
性別：男
属性：全
レベル：237
筋力：22474
魔力：33147
敏捷：21458
運：78
スキル：【鑑定：MAX】【剣術：MAX】【身体能力強化：MAX】
【気配察知：MAX】【全属性魔法：MAX】【魔法強化：MAX】
【無詠唱：MAX】【念力：MAX】【魔力探知：MAX】
【瞑想：MAX】【威圧：MAX】【指揮：MAX】
【付与術：MAX】【偽装：MAX】【信仰心：MAX】
【錬金術：MAX】【調理：MAX】【手芸：MAX】

【使役術：MAX】【技能譲渡：MAX】【念話：MAX】
【木材加工：MAX】【並列思考：MAX】【縮地：MAX】
【予知：MAX】【咆哮：MAX】【幻術：MAX】
【防御の構え：MAX】【精神耐性：MAX】【直感：4】
【忍耐力：3】【魔法耐性：4】【千里眼《せんりがん》：2】
【限界突破：1】
固有能力：【超成長】【魔導の才】【武道の才】
【全言語】【図書館EX】【技能取得率上昇】
【原初魔法】【心眼】【ゲート】
称　号：努力者　勉強家　従魔使い
魔導士　戦士　信仰者
料理人　妖精の友　戦神
挑む者
加　護：フィーリアの加護　アルティメシスの加護　アルナの加護
ディーネルの加護　フィオルスの加護　ルリアナの加護
オルムの加護

妖精族による特訓、そして迷宮攻略のおかげで、レベル・能力値・スキル――様々な能力が強化されている。中でも魔力の値は、目立って成長していた。

「普通に三万超えたな、これで化け物達の中でも上位に行けただろうか……」

俺は化け物と一括《ひとくく》りにしてるけど、そんな強者達の中にも様々なタイプの人がいる。身近なところで言えば、爺ちゃん・竜王・レオンだけど、三人の能力値はバラバラだ。

「それにしても、シャルルに用意してもらったスキル、意外と役に立っているな。スキルブックを入手してもらって正解だったよ」

スキル欄の一番下に追加された【千里眼】と【限界突破】。この二つは、シャルルに入手してもらったスキルブックで覚えた。

一つ目の【千里眼】は、遠くを見るためのスキルだ。相手とかなり離れていても、どんな技で来るのか確認できる程に、視力を高められる。

二つ目の【限界突破】は、能力値を更に底上げするスキルだ。一冊しか手に入らなかったので俺が使わせてもらったが、レオンは【千里眼】だけでも嬉しそうにしていたな。

「しかしこれだけ強くなっても、まだ竜王や爺ちゃんに勝てる気がしないな……というか爺ちゃん、あれから全く帰ってこないけど、いつまで遊びに行ってるんだろう……」

特訓が終わって数日経つけれど、未だに爺ちゃんとは一度も会えていない。

たぶん何処かでレベル上げなり特訓なりをしているんだろうな。追い抜かれないように、俺もサボらず、気を引き締めて毎日鍛錬している。

「さてと、鍛錬も力試しも終わった事だし、一旦ゲーム開発のほうに戻るか～」


俺は転移魔法でラトアに行き、魔道具制作部署の拠点へ入った。

そこにはネモラが選りすぐったゲーム開発担当の奴隷達がおり、それぞれ設計図を眺めながら話し合いをしたり、考えにふけったりしていた。

俺は拠点内にあるネモラの部屋に向かう。

「ネモラ、ゲーム開発はどんな感じ？」

「あっ、アキト様！」

設計図と睨めっこしていたネモラが顔を上げて驚いた表情を見せた。

ネモラから聞いた話によると、開発を始めてそれ程時間は経っていないのに、もうほぼ完成形の設計図ができているみたいだ。

「よくここまでの物を短期間で作れたな……」

「アキト様が用意してくださった資料のおかげです。それと、集まってもらった開発担当の皆さんの中には、私以上にゲームに熱意を持つ方もたくさんいましたので」

「まあ、この世界を選ぶという事は、ファンタジー好きな者が多いはずだからね……」

「そうですね。私も、ゲームのような世界に憧れてここを選びましたし」

だよな～。転生する世界を選ぶ時、他の世界も楽しそうだったし、同じ世界をもう一度、と思いもしたけど〝剣と魔法の世界〟の魅力には勝てなかった。

他の者達にも話を聞くと、一週間もすれば試作品ができそうだと言ってきた。

そんなに早くできるとは思っていなかったので、慌てて工場の完成を急ぐようにシャルルに伝える。

「しかし、あそこまでやる気があるとはな……俺もゲームが好きだったけど、作りたいとまでは思った事ないしな……そもそも作り手になれる技術もなかったけど」

帰宅後、風呂に入りながらそんな事を思いつつ、俺はこの世界でもゲームをプレイできるようになった時の事を考えてワクワクするのだった。

◇　◇　◇

数日過ぎ、予定よりも早く、ゲームの試作品が完成したという知らせが来た。

試作品は液晶一体型の携帯機で、色もカラーで表示されるという、元の世界の最新型に勝るとも劣らない代物だった。

「……いやいやいや、まずはもっと大きい、箱っぽいやつからじゃないのか!?」

「えっ？　それは大分前にできてましたよ？　部屋の片隅に置いてあります」

ネモラに指さされたほうを見ると、ゲームセンターにあるような筐体型《きょうたいがた》のゲーム機が無造作に置かれていた。

あ、あれってゲーム機だったのか……前来た時もあったけど、普通に箱だと思ってたぞ!?

「まあ、アレはアレで面白いですけど、やっぱり現代日本から転生してきた者としては、こちらの携帯型の物や家庭用ゲーム機のイメージが強いんですよね！」

ネモラの言葉に、ゲーム開発担当の奴隷達もウンウンと頷く。

「はぁ……まあ、いいや。とりあえず筐体型のゲーム機の事は置いておいて、こっちの試作品の事を聞かせてくれ」

「はい！」

すると、ゲーム本体のパーツ量産は難しくないが、本体を組み立てるのにはまだ時間がかかるらしい。量産を望むなら、先に工場の機械をグレードアップしなければいけないみたいだ。

「奴隷の中でその分野に秀でた者を集めてはいるけど、それに関しては、まだまだ時間がかかりそうだな」

「そうですよね。ひとまず、ここにいる者達で一個一個地道に製造していきます」

「そうなるな」

ゲーム開発担当、もとい魔道具制作部署専用に作った工場ができあがっていたので、その日は工場へ拠点を移す作業もした。工場には地下もあり、たくさんの作業スペースがあった。これまで以上に開発が進みそうだと、ネモラ達は喜んでいた。

ネモラ達が作った試作品を更に数個生産してもらったところで、シャルル達と会議を行った。

その席で説明書を読み上げ、ゲーム機の使い方を理解してもらう。

皆は最初、未知の機械であるゲーム機に戸惑っていた。しかし直ぐに順応したシャルルやレオン達は、ゲームの面白さにあっという間に夢中になったみたいだった。

「凄いですね。アキト様がこの魔道具を推していた理由が、よく分かりました。この〝げーむ機〟という物は、世界中で流行するでしょう」

シャルルが言うと、会議に参加していた他の者達も同じように賞賛《しょうさん》してくれた。

というわけで会議の中で、正式に商品として売り出す事が決まった。ちなみにこれまで領地内だけで開発や試遊《しゆう》を進めていたが、売り出すためには俺が商業ギルドへ登録する必要がある。

ギルト登録の年齢制限もクリアしていたし、商業ギルド本部のギルドマスターが、俺のこれまでの領地経営の手腕を認めてくれたので、あっさりギルドへ加入できた。

こうして俺は、ギルド〝グローウェン商会〟を立ち上げた。

早速それを知った父さんが様子を窺《うかが》いにやって来た。

「アキト、遂に商会を立ち上げたんだね」

「まあ、作りたい物を作ってたら、なりゆきでね。まあお金を稼ぐのは悪い事じゃないから」

「そうだね。アキトの貯金、普通に父さんの財産に匹敵するけど、お金を稼ぐのは大事だもんね」

父さんがジト目で言ってくる。父さんの言う通り、俺の貯金は現時点で莫大な資産となっている。

結構前からお小遣いは貰ってないけど、それでも俺の手元にはたくさんのお金が入ってくるのだ。

というのも、俺の私兵は全員が奴隷。特に予定がない時は好きにさせているので、冒険者や商人として活動している者もいる。

奴隷がお金を稼げば、主はそこから好きに上納金を取り立てられる。俺は材料費などの経費を差し引いた利益から〝二割〟を上納してもらう事に決めていた。

すると何が起こったかというと——俺の奴隷は人数が多く、個々の能力も高いおかげで、毎月手元に莫大なお金がなだれ込むようになった。

途中でこれはヤバイと気付き、割合を〝一割〟に変更したが、それでも信じられないくらいの額が入ってくる。その結果、俺の手元には父さんが持つ財産——つまり国家予算並みの資産が形成されてしまったのだ。

他にも奴隷で稼ごうとする者はいるみたいけど、奴隷の才能を見極められず、大損する者がほとんどだ。割と安易に奴隷を集めている俺だけど、奴隷を手に入れるために支払った金額は決して安くはない。最低限の質は保つと決めているんだ。

「とりあえず商売してる奴隷達は、全員クローウェン商会に入れる事にしたよ。これまで奴隷という事で他のギルドや商会には加入させていなかったからね」

「それって、かなりの数になるよね？」

「うん、職人も豊富だよ。魔道具の職人も増えて、奴隷だけで領地を切り盛りできそうな勢いなんだ」

ついでに父さんにも試作品のゲーム機を見せ、反応を窺った。

思っていた通り、父さんは興味を惹かれたようで、試作品をそのまま持ち帰りたいと言い始めた。

仕方ないので、「製品版が売られたらそっちも購入してね」と、宣伝込みで渡してあげた。

「ねぇアキト君、私の分は～？」

「……」

父さんの部屋から自室に戻ってくると——何故かそこにはアルティメシス様がいた。しかもゲーム機を強請ってくる。

まあ……そうくるだろうと思っていたから、少し多めに試作品を用意しておいたんだけどね。

「どうぞ、試作品なので壊れるかもしれませんけど」

「わーい、ありがとう、アキト君！」

アルティメシス様は、ゲーム機を受け取ってはしゃいでいる。

なんか、子供が親から初めて玩具《おもちゃ》を買ってもらった場面みたいだ……

「でも、本当にこの世界でゲーム機を作っちゃったんだね」

「作ったのは俺じゃないですけどね。資料と資金を用意しただけで、作ったのはネモラ達ですよ」

「それでもだよ。食べ物については前世で親しんできたものをこっちで作っちゃう子もいたけど、ゲーム機まで作っちゃう転生者の子はいなかったね」

「俺だって、ネモラがいなかったら作ろうとも思いませんでしたよ。ゲームやアニメみたいな世界に憧れてこっちの世界に来たわけで、ここまで来てゲームをしようとは思いませんでしたから」

ネモラみたいにゲームに強い思い入れもなかったですし、と最後につけ加える。

アルティメシス様は、ゲーム機を持ったまま神界へ帰っていった。静かになった部屋で俺もゲーム機を取り出し、少し遊んだのだった。

第17話　クローウェン商会始動

商会の立ち上げから数日が経ち、俺は今、全奴隷の前に立っている。

各地に散らばっていた奴隷達を一堂《いちどう》に集め、クローウェン商会の旗揚げ集会を行う事にしたのだ。

「えぇ～、皆、忙しい中集まってくれてありがとう」

まずはそう挨拶し、俺は話を進める。

新たな魔道具〝ゲーム機〟の生産に成功し、これを販売するために、今まで作ってこなかった商会を立ち上げたと説明した。

話を聞いた商人や職人達は「遂に！」と歓喜の声をあげる。

俺は、沸き立つ奴隷達に向けて告げる。

「俺の配下に加わる新たな奴隷達も含めて、今後は全ての奴隷達に商会に入ってもらう。そのほうが何かと都合がいいからな。商会の設立を待たせていた者達にはすまなかったな。だが、これからは思う存分クローウェン商会の力を使い、これまで以上に働いてくれ」

「おぉ!!」

奴隷達が腕を振り上げて応える。

クローウェン商会の設立を宣言したところで、俺は今後の活動について、シャルルと話し合った内容を伝えていく。

まず、表舞台に流してこなかった商品——エリクサーや、質の高い武具、迷宮で集めてきた宝も放出し、商会の名を大陸全土に一気に広める。そして、その名声を使ってこれまで以上に奴隷を集め、ジルニアを支えていく。

続いて、俺は商会を作ったもう一つの目的を皆に説明する。

「俺は第二王子だし、国のトップには興味がない。だけど、我が国の支えにはなりたいと思ってる。

数年前、ジルニアは立て続けに戦争を仕掛けられた」

爺ちゃんという〝化け物〟が存在していても、敵側にもレオンのような〝化け物〟がいれば侵攻は起こりうる。その事は、既に証明されている。

「馬鹿な国は他にもいるだろう。そんな馬鹿な国に対し〝俺〟という存在を示し、ふざけた真似をされないようにしたい。そのためにも、皆には働いてもらいたい」

俺が合図すると、隠れていた者達が呼び出された。

彼らの気配にすら気付けていなかった者達が驚いた声をあげる。

「こいつらは、裏の仕事をさせていた者達だ。シャルルの出身である集団と言えば、分かる者達もいるだろう」

そう言うと、レオンやクロネ、ジルが反応する。

「商会の立ち上げにより、こいつらにも表舞台に出てきてもらう事にした。仲間として協力し、仲良くしてやってくれ。俺からの話は以上だ」

それから影の者達の代表に、他の奴隷達の前で挨拶をさせた。職人達の中には、これまで全くといっていい程影達と接点がなく、困惑している者達もいた。

だがそこはレオンやクロネ達が前に出て、影達との仲を取り持ってくれていた。

「本当に良かったのですか、アキト様。影達を表に出して」

シャルルが気がかりそうに尋ねる。

「心配するな。いつまでも裏方をさせるには惜しい人材達だからな」

「……確かにそうですが、既に表にはレオンがいるではないですか。レオンのここ最近の力のつけ方は、素晴らしいものだと思いますよ？」

「そうだな。レオンも強くなってるし、ジルだって強くなってる。シャルルだっているから、別に影を表に出す必要はないのかもしれない。だけど、もしこのまま、日陰の存在にし続けた事が原因で、大切な人や守るべきものを失えば、俺は後悔する」

俺がそう言うと、シャルルは押し黙った。

「……すみません。出すぎた言葉でした」

「いいんだよ。シャルルも心配して言ったんだろ？　既にスポンサーには話を通してあるしな」

「すぽんさー、ですか？」

俺はニヤッと笑い、再び合図を出す。

出てきたのは――つい最近激闘を行ったばかりの相手、竜王ドラゴヴェルスだ。

「待ちくたびれたぞ、アキト。いい演説だったな」

「すみません、ちょっと熱くなって長話をしてしまいました」

竜王に褒められて、俺は少し照れながら言った。

それから、突然の竜王の登場にうろたえている者達を落ち着かせ、俺は皆に紹介する。

「今回クローウェン商会の支援者になってくれた、竜人国ドラコーンの王。竜王ドラゴヴェルスさんだ」

「よろしく！」

竜王が軽く言うと、竜王を見た事がない奴隷達はざわついた。

こんないかつい外見なのに、気さくな感じでこられたら当然だよな。

竜王に支援者になってもらったのには理由がある。竜王に商会を立ち上げるつもりだと伝えた際、商会の盾となってほしいと頼んだのだが、クローウェン商会を敵に回せば竜人国も敵に回す事になると周辺国に思わせるためにそうしたのだ。

竜王は「アキトと手を組めば、面白い事が起きそうだからいいぞ！」と気前良く提案に乗ってくれた。なお、商会の後ろ盾になってほしいという話については魔帝国・神聖国にも提案してあり、承諾を得ている。

俺は皆に説明を続ける。

「竜人国以外に、魔帝国と神聖国も支援者になってくれる。これによって、竜人国の炎竜商会《えんりゅうしょうかい》、魔帝国のマジーク商会、神聖国のクルド商会。この三つがクローウェン商会の後ろ盾となるんだ」

聞いていた奴隷達は「えぇ!?」と声をあげた。

皆が驚くの当然で、三つの商会は他国にまで名を轟《とどろ》かせている大商会であり、ジルニアの王都にもそれらの商会が店を構えているからだ。

竜王が意外そうに言う。

「ほう。俺の所以外にも話をしていたんだな」

「使えるものは使っていこうと思いましてね。魔帝国と神聖国とは、以前から交流もあったので」

それから、密《ひそ》かに来てもらっていた魔帝国と神聖国の代表にも挨拶のために登場してもらった。

著名な国の三人の代表達に、奴隷達は今日何度目かの驚きの声をあげる。

こうして諸々の紹介も終わり、集会は解散となった。俺は各代表を送ってから、家に戻る。

◇　◇　◇

俺は今日、父さん達に集まってもらうようにお願いしていた。指定していた部屋に入ると、既に皆が揃っている。

「俺、この王都の家を出る事にする」

俺がそう告げると、皆、目を丸く見開いた。

父さんや婆ちゃんはなんとなく察していたようで、そこまで驚いた様子はなかったが、母さんと姉さんが凄く動揺している。

「あ、アキト。あなたは十歳よ？　まだ家を出るような年齢じゃないでしょ？」

「そ、そうだよ。アキトちゃん！　まだ家を出なくてもいいんだよ？」

母さんと姉さんは、オロオロとしながら俺に言ってくる。

兄さんも察してはいなかったみたいだ。でも、俺の考えを理解してくれているのだろう。何も言わなかった。

「母さん、姉さん。一応、俺は爵位を持つ貴族なんだよ。他国への体裁を考えたら、家を出るのがいいんだ。そもそも、家を出るからってもう一生会わないわけじゃないし。ここととクローウェン領の俺の城は【ゲート】で繋いでいるから、いつでも会えるんだよ」

泣きそうになっている二人にそう説明する。

すると母さん達の横で、黙って見ていた兄さんが口を開いた。

「……僕のためでもあるのかな」

俺は内心ドキッとした。

俺がいつまでも実家にいるせいで、兄さんを差しおいて俺が王様になるという噂が流れている。その事を兄さんも知っているようだ。

「ううん。自分のやりたい事のためには、領地で暮らして色々と挑戦してみたいってのが一番の理由だよ」

「……ごめんね。僕が優秀じゃないせいで」

兄さんが俯いて悲しそうな表情をする。

「それは違うよ、エリク兄さん。エリク兄さんは十分優秀だよ。自分を過小評価しないで」

「そうだよ。エリクは優秀だよ」

俺と父さんは慌てて言う。

改めて俺は話を続ける。

「さっきも言った通り、色々と挑戦したいから、これからは忙しくなると思うんだ。学園も卒業したから領地もきちんと治めないといけないし、ダラダラ王都の家にいるより、今出たほうがいいんだ」

「それは分かるけど……まだ十歳よ？」

「普通の十歳児なら、まだ家を出なくてもいいと思うけど、俺は他国まで知られる〝化け物〟の一人だから」

こうして、なんとか説得できた。

でも一方で条件も出された。

一つは、家族の時間はこれまで通り作る事。もう一つは、アリスを連れていく事だ。

俺は母さんに尋ねる。

「一つ目は分かるけど、アリスはなんで？」

「アリスちゃんがアキトの未来の奥さんだからよ。アルマとは前々から話していたの。アリスちゃんとアキトは、婚約者なのに会う機会が少ないわね～って。それでアリスちゃんをここで住まわせようかって考えていたのよ」

「成程。確かにアリスと過ごす時間が取れなかったから、俺としては嬉しいよ。でも、クローウェン領の家で過ごすとなったら、また話は変わってくるんじゃないの？」

ちなみに、アルマさんはアリスのお母さんで、俺の母さんともとても仲良しだ。とはいえ、その場ではそんなにすんなりいくとは思えなかった。

しかし翌日になると、アルマさんとアリスのお父さんのリベルトさんがアリスを連れて家にやって来て、「アリスの事をよろしくね」と口を揃えた。

家を出るだけと考えていたのに、婚約者までついてきて、同棲《どうせい》生活が始まる事になっちゃったよ。

母さんと姉さんは昨日は散々俺を引き留めようとしていたのに、アリスが来るやいなや急変。まるで追い出されるかのように俺は領地の家に向かわされた。


「その……ごめんね。アリスを巻き込んじゃって……」

あっという間の引っ越しになってしまい、アリスに頭を下げる。

アリスは首を横に振った。

「ううん、謝らなくてもいいよ。ちょっと驚いちゃったけど、アキト君の近くにいていいって言われて、嬉しかったから」

「あっ、そっ、そうなのか……」

アリスが照れずに笑顔で言ってきて、むしろ俺が少し恥ずかしくなってしまった。

クローウェン領の屋敷に着き、アリスの部屋を何処にするか、案内しながら決める事にする。

アリスは最初から「アキト君の部屋の横がいい！」と決めていたらしく、最後に俺の部屋の隣に連れてくると、そこに即決した。

「まあ、もしも何かあった時のために、近くにいたほうがいいか」

「うん！　それに部屋がお隣だったら、眠たくなっても直ぐに部屋に戻れるから便利だしね」

「……夜遅くまで一緒にいるのは確定なんだね」

俺の言葉にアリスは顔をポッと赤く染め上げ、恥ずかしそうにモジモジとしていた。

その日はアリスとの同棲開始祝いという事で、少し豪華な食事にした。アリスが好きな日本食をテーマに用意してもらう。

前世が日本人の俺は、勿論日本食が好きだ。アリスが日本食が好きというのを知った時に「一緒だね」と喜びながら、二人で米のご飯を食べたのを今でも覚えている。

「それじゃアリス、今日は引っ越しで疲れただろうから、ゆっくり休んでね」

「うん、おやすみアキト君」

食後に風呂に入ってから、俺達はそれぞれの部屋に入った。

俺は王都の城で休む事が多かったから、この部屋で眠った回数はそんなに多くない。慣れないながらもベッドに横になった。

それにしても、まさか十歳で同棲する事になるとはな……

そんなふうに考えていたら、眠気が訪れる。夢の世界に旅立ちそうになっていると、扉をノックする音が聞こえた。

ベッドを下りて扉を開けると、アリスがいた。

「どうしたの、何かあった？」

「……あのね、アキト君。一緒に寝てほしいの」

アリスはモジモジと恥ずかしそうにしている。

……まあ見知らぬ土地に突然連れてこられて、知らない部屋で一人ポツンと住まわされたら、いきなり眠れるわけないか。

「いいよ。一緒に寝ようか」

俺はそう言うと、アリスを部屋に招いた。

一緒にベッドに入り、アリスと向かい合って横になる。

なんか恥ずかしい気がするが、十歳児同士で一緒に寝る事はおかしくないだろう！　と自分に言い聞かせる。

「おやすみ、アキト君」

「うん。おやすみ、アリス」

こうして同棲初日の夜、俺とアリスは一緒のベッドで眠った。

翌日。俺はアリスを起こさないようにそっとベッドから這い出て、ベランダに立った。

「ふぅ～、辺境だから王都と違って空気が美味しいな……」

なんだかんだいって王都は大分発展した都市だ。都市の周りに森があるものの、城の周りには緑が少ない。でもこの屋敷の周囲には、山も川もあって空気が美味しく感じる。

「ん～、あれ？　アキト君？」

ベランダで風に当たっていると、目覚めたらしいアリスの声がした。隣で寝ていた俺がいないのに気付いたんだろうか、悲しそうな声だ。

「アリス、おはよう」

「あっ、アキト君！　良かったぁ。起きたら横に寝てたアキト君が見当たらないから、いなくなったのかと思っちゃったよ」

「ごめんごめん。先に起きちゃったから、起こさないように外で風に当たってたんだよ。たぶん、もう直ぐ朝食ができる頃だから、部屋に戻って着替えてくるといいよ」

「うん、分かった～」

アリスは部屋から出ていき、隣にある自分の部屋に戻った。

俺も普段着に着替え、彼女が戻ってくるのを待つ。

それから二人でダイニングへ行き、朝食のテーブルにつく。食後にデザートを食べていると、シャルルがやって来た。

「アキト様。本日、商会の建物ができあがったのですが、確認に行かれますか？」

商会の建物を作ってくれと言ってから数日しか経ってないのにもうできたのか……

「早いな……分かった、後で見に行くよ」

「分かりました。それでは、本日の報告はこれだけですので失礼します」

「了解。よし、アリス。ご飯食べ終わったら、一緒に商会の建物を見に行かない？」

ソワソワした様子で俺とシャルルの話を聞いていたアリスに、そう提案する。すると、アリスは嬉しそうに顔を輝かせて、「行く～」と返答した。

まあ、建物の確認も大事だけど……俺はその後、アリスとデートする気満々でいた。

第18話　奴隷VSアキト

翌日、俺は朝からレオンと模擬戦をしていた。

フレアさん達による特訓と迷宮攻略で、俺は以前までと比べ物にならない程強くなった。しかし、まだ竜王には勝てない気がしている。能力値を見れば爺ちゃんにも負けてないはずだけど、経験の差では、きっと爺ちゃんのようにはいかないだろう。

「ふぅ……レオン。休憩にしようか」

「了解。それにしても、アキト。その強さでも竜王には挑まないのか？」

「ああ……せっかく、フレアさん達が急いで特訓つけてくれたところではあるけど、なんとなくな。レオンにもこの気持ち分かるだろ？」

「いやまあ、俺の場合はまだまだレベルが足りないと自覚してるしな……ちょっと違うんじゃないのか？」

俺の言葉に、レオンは頭を掻きながら言った。

休憩に入り、俺は今のステータスを確認する事にした。

名　前：アキト・フォン・クローウェン
年　齢：10
種　族：クォーターエルフ
身　分：王族、公爵
性　別：男
属　性：全
レベル：237
筋　力：22647
魔　力：33478

敏　捷　：２１７４１
運　　：78
スキル　：【鑑定：ＭＡＸ】【剣術：ＭＡＸ】【身体能力強化：ＭＡＸ】
【気配察知：ＭＡＸ】【全属性魔法：ＭＡＸ】【魔法強化：ＭＡＸ】
【無詠唱：ＭＡＸ】【念力：ＭＡＸ】【魔力探知：ＭＡＸ】
【瞑想：ＭＡＸ】【威圧：ＭＡＸ】【指揮：ＭＡＸ】
【付与術：ＭＡＸ】【偽装：ＭＡＸ】【信仰心：ＭＡＸ】
【錬金術：ＭＡＸ】【調理：ＭＡＸ】【手芸：ＭＡＸ】
【使役術：ＭＡＸ】【技能譲渡：ＭＡＸ】【念話：ＭＡＸ】
【木材加工：ＭＡＸ】【並列思考：ＭＡＸ】【縮地：ＭＡＸ】
【予知：ＭＡＸ】【咆哮：ＭＡＸ】【幻術：ＭＡＸ】
【防御の構え：ＭＡＸ】【精神耐性：ＭＡＸ】【直感：ＭＡＸ】
【忍耐力：ＭＡＸ】【魔法耐性：ＭＡＸ】【千里眼：４】
【限界突破：３】
固有能力：【超成長】【魔導の才】【武道の才】
【全言語】【図書館ＥＸ】【技能取得率上昇】
【原初魔法】【心眼】【ゲート】

称　号　：努力者　勉強家　従魔使い
魔導士　戦士　信仰者
料理人　妖精の友　戦神
挑む者
加　護　：フィーリアの加護　アルティメシスの加護　アルナの加護
ディーネルの加護　フィオルスの加護　ルリアナの加護
オルムの加護

やはり能力値は凄くいいと思うんだよな。スキルも豊富だし、加護だってたくさん持っている。

「しかしこれだけのステータスがあっても、勝てる気がしないんだよな」

そう呟くと、レオンが横から言う。

「……俺としては、そこまで強化したんなら一度腕試しするのもありだと思うけどな。勝てる見込みがなくても、実戦で何か得る事もあるだろ」

「う～ん。でもさ、同じ相手に何度も負けるのって嫌じゃん？」

「アキトって全体的には大人っぽいけど、たまに子供みたいなところがあるよな。今の負けず嫌いな発言とかまさにそうだ」

「……うッ」

レオンの言葉には心当たりがあり、グサッときた。

とはいえ同じ相手に何度も負けるのが嫌って、皆そうなんじゃないか？

すると、レオンも顔を背《そむ》けながら小声で言う。

「まあ、俺も人の事は言えないけどな。同じ相手に何度も負けたくない」

「なんだよ。それなら他人に子供っぽいとか言うなよな」

休憩を十分取ったので、模擬戦を再開する。

再開後は趣向を変えて魔法を使わず、素手で戦いを行った。レオンは割とこっちもいけるらしく、魔法ありの戦いよりも白熱した模擬戦ができた。

模擬戦を終えて俺は、クローウェン領の家に戻った。


汗を流してからリビングに行くと、実家に荷物を取りに行っていたアリスがいた。

「アリス、おかえり。戻ってたんだね」

「ただいまー。うん、さっき帰ってきたんだ。あっ、これお母さんがアキト君に渡してって」

アリスがそう言って小包を出したので、受け取って中を確認する。

そこには、王都で有名なお店のお菓子の詰め合わせが入っていた。それを見て、アリスが目を輝かせる。

俺もちょうど休憩を入れたかったところだし、使用人に頼んでお茶を淹れてもらい、アリスと一緒に食べる事にした。

アリスとお茶をしてから数時間後、俺は一人悶々《もんもん》と悩み続けていた。

どうしたら今よりも強くなれるのだろうか——

「実際のところ、これ以上レベル上げに専念するのは色々とキツイよな。せっかくアリスとの同棲生活が始まったのに、放り出して一人にしたら酷い男って思われるだろうし……」

アルティメシス様にはいい迷宮の紹介お願いしますと言っているが、現状、何日も潜るような迷宮には行けない。かといってまたフレアさん達に頼るのも、頼りっぱなしで申し訳ない気がする。

「どうしたらいいのかな〜」

そう思いながら、今日も俺の部屋に来たアリスと一緒にベッドに横になった。

翌日。仕事をしながらぼーっとしていると、シャルルから「お悩みですか？」と尋ねられる。

「うん、強くなるためにはどうしたらいいのかなってさ。なんか能力やスキルが身についたところで、竜王や爺ちゃんに勝てる気がしないんだよ」

「成程。お二方はこの世界でもトップクラスの強者ですからね」

「どっちとも戦って負けた経験があるし、だから実力も分かっていて尚更ね……」

するとシャルルは少し考えるような仕草をし、直ぐに口を開く。

「でしたら、一度色んな者と戦ってみるのはいかがでしょうか？　アキト様が今までされてきたのは、特訓、迷宮でのレベル上げ、決まった相手との模擬戦のいずれかですよね？」

「ああ、そうだな」

「私の経験上、色んな者と戦うのはいいですよ。同じ相手とずっと戦っていると新鮮味がなくなります。色んな者と戦えば、それぞれ戦い方が違って常に勉強になり、良い修業になるんです」

確かに、慣れた相手としか戦ってなかったな。その点、爺ちゃんや竜王は色んな者と戦って、経験もたくさん積んでいる。

成程……模擬戦で経験を積んでいると思っていたけど、色んな者と戦って色んな戦いを知るのも大切か。

「いいなそれ。思いつきもしなかったよ」

「いい案を出せて良かったです。私がアキト様の相手を選びましょうか？」

「いいのか。シャルルは仕事が結構あるだろ？」

「ええ。ですが、主人の悩みを解決するのが最優先ですから。それに、影の者達が表に出た事で、私の仕事も少し減ったので大丈夫ですよ」

こうしてシャルルに甘えさせてもらい、俺の相手をしてくれる者達を選んで、戦いのセッティングをしてもらう事になった。

◇　◇　◇

数日間、奴隷達は俺の対戦相手の話題で持ちきりだったらしい。

これまで裏方をしていた影達は、こぞって参加表明をした。それに釣られて、表で活動している者達もたくさん参加する事になった。その中には、ジル、レオン、クロネも入っている。

驚いたのは、ローラも参戦を表明してきた事。ローラは孤児の女の子で、魔法の才能を爺ちゃんに見出された天才児。そして爺ちゃんに直《じか》に修業をつけられてから、物凄く強くなっている。

「なんでローラが参加してるんだ？　基本的に戦いには興味ないだろ？」

「ええ。ですが、あの子も強者ですから、アキト様の相手になってほしいと思いまして。私が食事を奢《おご》ると言ったら、参加してくれる事になりました」

「……そういう事か。一度ローラとは戦いたかったしいいか」


ご飯に釣られたローラを含め、俺の相手となる奴隷達がラトアの会場で一堂に会している。

急遽《きゅうきょ》開催が決まった俺と奴隷達との模擬戦大会だが、その噂は直ぐに広まったらしい。観客席には既に大勢の観客が詰めかけている。その中には、俺の家族を含めて知り合いも大勢いた。

今回の大会は、俺自身の戦い方の勉強が目的のため、俺が他全員と一人ずつ戦うという形で行う。体力回復のために回復薬もちゃんと準備しているので、続けて戦う事になっても大丈夫だ。

「うしっ。せっかく集まってもらったんだから、何かヒントが得られるように頑張ろう！」

そう意気込んで、俺は会場へ入った。

初戦の相手は、冒険者をやっている剣士タイプの奴隷だった。

戦いの際は相手のタイプによって戦い方を変える事を意識しているので、相手に合わせて俺も剣を使う。

「アキト様、お相手よろしくお願いします」

「ああ、よろしく。俺のためにありがとう。全力で来てもらっていいからな。俺も全力で行く」

「はい！　これまでの特訓の成果、アキト様に見せられるように頑張ります！」

互いに言い合ったところで、試合開始の合図が鳴った。

「はぁッ！」

「ッ！　なかなかいい太刀筋だなッ！」

開始直後に振り下ろされた一太刀に感心していると、そいつは更に攻撃を仕掛けてくる。

「ジルさんに教わってますからねッ！」

成程、ジルから指南《しなん》を受けているなら頷ける。力任せに振り払ったところで、雷のような速さと力強さを謳《うた》う雷鳴流《らいめいりゅう》の剣術は躱《かわ》しきれないからな。とはいえ、俺だってそこそこ剣を使ってきている。

結局、剣士の奴隷との試合は数分で決着がつき、俺が勝利した。

「いい試合だったよ」

「はぁ、はぁ……あ、ありがとうございました」

汗をダラダラと流している剣士の奴隷と握手をすると、彼は会場から去っていった。

その後俺は、色んなタイプの奴隷達と試合をしていった。魔法使い、剣使い、棒使い、身軽な者に、体術が上手い者。多種多様なタイプと戦っていき、遂に俺の奴隷の中でも幹部クラスの者達が出てきた。

最初の相手は、戦闘には全くといっていい程興味を示さないローラだった。

「ご主人様に勝ったら、ご飯奢ってもらえるって言われたから勝つよ。覚悟してね」

「ハハ、お前は相変わらずだな……まあ、いいさ。ローラとは一度戦いたかったからな」

基本飯の事しか頭になく、与えた仕事も飯のためにこなすだけ……そんなローラが飯に釣られたとはいえ俺に勝つと意気込んでいるんだから、貴重な機会だ。

そして、ローラとの模擬戦が始まった。

開始早々、ローラは一瞬にして俺の懐に入り、拳を叩きこんできた。

「カッ！　速《はえ》ぇな、ローラッ！」

「ご主人様凄いね。これでいつも勝ってるのに」

反射神経を駆使して拳を受け止めた俺を見て、ローラは驚いた表情をした。

ローラは更に続けて魔法を放ってきた。

ローラはなんでもこなすオールラウンダー——俺と一緒のタイプだ。だから俺は、これまでのように戦闘スタイルを絞るのではなく、いつも通り戦える。

「ご主人様の防御力おかしいよ……」

「まあな。防御に関しては妖精族に鍛えられたからな。攻撃力よりも自信があるよ」

攻め続けるローラに対し、俺は確実に受け止めて反撃を繰り返す。普段長時間の戦闘をしないローラは、徐々に息が上がり始めた。

結果として、ローラの体力切れで勝負がついた。

第19話　更なる高みへ

大会は俺の全勝で幕を閉じた。自分の新たな可能性に気付いた俺は、集まってくれた奴隷達、そしてキッカケを作ってくれたシャルルにお礼を言った。

その翌日、俺は一人、訓練所であるいつもの山へやって来た。

まずは、現状を確認するためにステータスを見る。

名前　：アキト・フォン・クローウェン
年齢　：10
種族　：クォーターエルフ
身分　：王族、公爵
性別　：男
属性　：全
レベル：237
筋力　：22941
魔力　：33742
敏捷　：22001
運　　：78
スキル：【鑑定：MAX】【剣術：MAX】【身体能力強化：MAX】
【気配察知：MAX】【全属性魔法：MAX】【魔法強化：MAX】
【無詠唱：MAX】【念力：MAX】【魔力探知：MAX】
【瞑想：MAX】【威圧：MAX】【指揮：MAX】
【付与術：MAX】【偽装：MAX】【信仰心：MAX】
【錬金術：MAX】【調理：MAX】【手芸：MAX】

【使役術：ＭＡＸ】【技能譲渡：ＭＡＸ】【念話：ＭＡＸ】
【木材加工：ＭＡＸ】【並列思考：ＭＡＸ】【縮地：ＭＡＸ】
【予知：ＭＡＸ】【咆哮：ＭＡＸ】【幻術：ＭＡＸ】
【防御の構え：ＭＡＸ】【精神耐性：ＭＡＸ】【直感：ＭＡＸ】
【忍耐力：ＭＡＸ】【魔法耐性：ＭＡＸ】【千里眼：４】
【限界突破：ＭＡＸ】【棒術：ＭＡＸ】【短剣術：ＭＡＸ】
固有能力：【超成長】【魔導の才】【武道の才】
【全言語】【図書館ＥＸ】【技能取得率上昇】
【原初魔法】【心眼】【ゲート】
称　号：努力者　勉強家　従魔使い
魔導士　戦士　信仰者
料理人　妖精の友　戦神
挑む者
加　護：フィーリアの加護　アルティメシスの加護　アルナの加護
ディーネルの加護　フィオルスの加護　ルリアナの加護
オルムの加護

大会中、棒と短剣を使う事が多かったおかげか、【棒術】【短剣術】のスキルを獲得していた。

「俺の能力値って魔力が飛び抜けてるけど、それだけじゃなくて他の能力値も化け物クラスなんだよな」

俺はこれまでの特訓のおかげもあり、十歳児にしては優秀すぎる能力値を持っていた。その一方で技術を後回しにしていたが、フレアさん達の特訓でそこは克服する事ができた。

「加護もたくさん貰ってるしな……」

主神の加護に加え、属性神の加護、戦神の加護などなど……色んな神様から加護を貰い、諸々の力が強化されている。普通であれば一つ加護があるだけでも凄いと言われるのに、俺は七つも持っている。

「そして、なんだかんだいって固有能力が強いよな〜」

スキルを素早く強化できる【超成長】に、何処にでも行ける時空間魔法【ゲート】、魔法系最強魔法である【原初魔法】に、【心眼】という優れた視覚系能力。そして、どんな情報も載っている縁の下の力持ち的な【図書館ＥＸ】。

「……っと、現状はこんなもんだろうな。とりあえず、今後の課題としてこれまで手をつけなかった武術を頑張ろう」

これまでそれらしい特訓をした事があるのは剣術と体術くらいで、他の武術はほぼやってこなかった。

それは、俺が魔法のほうが好きだからだ。しかし今回の大会を経て、俺は自分のステータスにある【武道の才】に可能性を見出した。

「まずは、せっかく手に入れた【棒術】と【短剣術】の特訓からかな」

剣術や体術の時もそうだったが、特訓を始めてすぐ体に身につく感じがする。【武道の才】が機能しているからだ。

「今まで放置してた分を取り戻すぞ！　竜王も爺ちゃんも武器を使わないが、きっと戦う経験を積み重ねる事でそのスタイルにたどり着いたのだろう。俺は俺で、自分に合った戦闘スタイルを見つけ出すぞ！」

そう意気込むと、俺は異空間から棒を取り出す。土魔法で作った的《まと》を狙うという【図書館ＥＸ】で見たやり方で特訓を始めるのだった。

◇　◇　◇

武道の特訓開始から数日が経った。

俺は今日も一人で特訓をしている。

模擬戦で能力を高めていくのが俺のいつもの方法だが、成長系スキルのおかげで一人でも武術スキルのレベルが上がっていく。

「ふぅ～……一旦休憩にしよう」

もう太陽が昇りきって昼になっていた。

特訓に集中していて、時間を気にしていなかったな。俺は昼食用に作ってもらっていた弁当を開ける。

「色々と試したけど、剣か棒がしっくりくるな。後はまあ、武器っていっていいのか微妙だけど杖か」

色んな武器を試した結果、俺に合う武器を絞る事ができた。

片手で持つ片手剣、両手と片手の持ち替えが利く棒、魔法補助と簡単な受け流しができる杖の三つだ。

「う～ん。剣だと刃先に魔法を付与できるし、棒だとリーチがあって魔法と武術の両面での攻撃ができるし、杖だと防御面での心配がグンッと下がるし……」

どの武器を使っていこうか悩んでいると、誰かがやって来る気配がした。

まあ、この場所を知っている人物は限られている。

「どうしたんだ、レオン？」

思った通り、目の前に現れたのはレオンだった。

「いや、アキトがずっと特訓をしてるってシャルルから聞いてな。進捗《しんちょく》を聞きに来たんだよ」

「進捗か……まあボチボチだな」

そう言うと、レオンは不思議そうな顔をした。

「なんだよ……」

「いや、いつもなら上手くいってるって返事が来て即戦う流れだったから、虚を衝《つ》かれたというかなんというか……今回は、ガチ悩み系なのか？」

「いつもガチだよ……ってか今回の場合、自分の戦い方を変える事になるわけだし、色々と考え込んでしまうんだ」

これまでなら、ただ能力値やスキルレベルを上げれば良かった。だが、今回は様々な戦い方を試しているので、その分時間もかかる。

「戦い方を変えるって……アキト、ここ数年魔法しか使ってなくなかったか？　この間の大会じゃ、色々使ってたみたいだけど」

「大会で色んな武器を試してみたからこそ、俺も武器を使ってみたくなったんだよ。俺って、魔法の才能だけじゃなく武道の才能もあるからさ」

「……マジか」

「マジマジ、見てみるか？」

レオンが疑うような目を向けてきたので、俺は片手に剣を持ち、素振りをして見せた。

レオンは元騎士団団長だったから、これまで色んな者と戦ってきた。だから俺の太刀筋を見て、すぐに武術の才能を見抜いたのか、驚いたような顔をする。

「マジでなんでもありだな……」

「まあな。だから色々と悩んでいるんだよ」

「それだけの腕を持ってて、これまで魔法主体の戦い方をしてたのが、逆に驚きだよ」

そう言われても仕方ないけどさ、やっぱり魔法って便利だし強いじゃん。ファンタジーらしいし。

俺をレオンはマジマジと見てきて、戦闘スタイルについて案を出した。

「剣の腕があるなら、剣を取り入れるのもありなんじゃないか？　俺の知ってる奴に、魔法を使いながら剣でも戦う奴がいたし」

「……魔法剣士みたいな感じか？」

レオンに言われて、俺はそう口にした。これは自分でも考えていたのだ。

「ああ、アキトの場合、魔法も無詠唱で即発動するし、ちょうどいいんじゃないか？」

だが俺は、魔法剣士という戦法を試してみる前の段階で迷っていた。

というのも――

「……魔法剣士って、剣と魔法だろ？　実はさっき見せた剣術以外にも、俺には適性のある武器があるんだよ」

「……才能ありすぎて、何で戦えばいいのか分からなくなってるのか」

レオンの言葉に俺は頷く。

「俺の所にもいたな……剣も使えるし魔法も使えて、自分の戦い方に迷ってる奴が」

「俺と似たような人がいたんだな。その人はどうしたんだ？」

「ああ、無茶な戦い方をやって魔物に殺された。一人で戦えると言って、突き進んだ先でな」

その話を聞いて、俺はズーンと落ち込んだ。

「……どうしたらいいんだろう」

「まあ、試し続けるのが一番だよな。竜王や爺さんに見せたくないなら俺が相手するぞ？」

「いいのか⁉」

「ああ、アキトとの戦いが俺の成長にも繋がるからな。ただ、俺だって自分の戦法について考えたいから、自分の事は自分で考えてくれ」

「分かった。ありがとう、レオン！」

そうして俺はレオンとの模擬戦をしながら、今後の戦い方を見つけ出す事にした。


レオンに特訓を手伝ってもらうようになってから、俺の新たな戦闘スタイルは固まった。

最後の最後まで、片手剣か棒、もしくは杖かの三つの中で悩みまくっていたが、武器は結局、昔からちょくちょく使っていた片手剣にする事にしたのだ。まあ、別に剣以外絶対に使わないというわけではないので、今後も他の武器に頼る場面はあるだろうけど。

特訓終わりに、二人で山の家で風呂に入っていると、レオンが言ってくる。

「それにしてもアキトは多才だな……魔法と武術を極めている奴なんてなかなかいないぞ」

「まあ、そのせいで色々と悩んだけどな。でもレオンのおかげで一つに定まったよ。レオンには感謝しかないな」

「確かに色々試してたもんな。……しかしどれも一流クラスだったから、相手する俺が疲れたよ」

スキルレベルすなわち技術力ではないが、それらしい動きにはなる。つまり固有能力のおかげで、俺の武器を扱う技術は即レベルマックスになるのだ。

レオンが先に上がったので、一人で湯船に浸かったままステータスを確認する。

名　前：アキト・フォン・クローウェン
年　齢：10
種　族：クォーターエルフ
身　分：王族、公爵
性　別：男
属　性：全
レベル：237
筋　力：23574
魔　力：33742
敏　捷：22001

運　：78
スキル：【鑑定：MAX】【剣術：MAX】【身体能力強化：MAX】
【気配察知：MAX】【全属性魔法：MAX】【魔法強化：MAX】
【無詠唱：MAX】【念力：MAX】【魔力探知：MAX】
【瞑想：MAX】【威圧：MAX】【指揮：MAX】
【付与術：MAX】【偽装：MAX】【信仰心：MAX】
【錬金術：MAX】【調理：MAX】【手芸：MAX】
【使役術：MAX】【技能譲渡：MAX】【念話：MAX】
【木材加工：MAX】【並列思考：MAX】【縮地：MAX】
【予知：MAX】【咆哮：MAX】【幻術：MAX】
【防御の構え：MAX】【精神耐性：MAX】【直感：MAX】
【忍耐力：MAX】【魔法耐性：MAX】【千里眼：4】
【限界突破：MAX】【棒術：MAX】【短剣術：MAX】
【槍術《そうじゅつ》：MAX】【大剣術：MAX】【鞭術《べんじゅつ》：MAX】
【魔法剣：MAX】
固有能力：【超成長】【魔導の才】【武道の才】
【全言語】【図書館EX】【技能取得率上昇】

【原初魔法】【心眼】【ゲート】

称　号　：努力者　勉強家　従魔使い
　　　　　魔導士　戦士　信仰者
　　　　　料理人　妖精の友　戦神
　　　　　挑む者

加　護　：フィーリアの加護　アルティメシスの加護　アルナの加護
　　　　　ディーネルの加護　フィオルスの加護　ルリアナの加護
　　　　　オルムの加護

「スキルが増えたな、これまで武器系のスキルに手をつけてなかった分一気に追加され、若干ステータスが見づらくなったが、まあそこは気にしないでおこう」

今は各武器術に分かれているが、全部の武器スキルを手に入れたら魔法スキルのように統合されると思う。だが、全部の武器を試すのは面倒だし非現実的だ。そこまで気にしないでいよう。

ちなみに、最後に追加されている【魔法剣】、これは剣に属性系魔法を付与していたら現れたスキルだ。元々付与魔法を持っていたので今更感があるが、何気にこのスキルは使いやすく便利だ。

「ふぅ……後は今の戦い方を実戦で使えるようにして、竜王に挑もう。そして竜王を倒せたら、次は爺ちゃんだな」

そう意気込んだ俺は、のぼせる前に風呂から上がる。レオンは既に帰宅したのか、いなくなっていたので俺も帰る事にした。

第20話　実戦で試す

レオンとの特訓で自分の戦闘スタイルをほぼ完成させた俺は、アルティメシス様に教えてもらった迷宮を訪れていた。

理由は勿論、新しい戦い方を実戦で試したいから。

「シャァァァ!!」

「おっ、早速出てきたな！」

現れたのは、サーペント系の魔物だ。

新スタイルになって初めての実戦になる。いつも魔法で瞬殺していたが、今度は剣を片手に持った状態で挑む。

距離を取っていた俺に、魔物は大きく口を開けて襲いかかってきた。

「シャァァァッ！」

「ほいっ！」

その攻撃を予測していた俺は、右側に避ける。

「んじゃ、次はこっちからいくよ。蛇だし属性は特に気にしなくていいか。よし、風でいこう」

「シャア⁉」

【魔法剣】を使用し、持っている剣に風属性を付与する。

剣から微量の風が放出されて普段よりも鋭さが増し、軽くなっている。

俺はその剣を、魔物へ向けて振り下ろす。

剣から生み出された風によって、サーペントは胴体から首が切断されて絶命した。

「……魔法に頼った戦法よりも戦った実感はあったけど、相手が弱すぎてこの戦闘スタイルが通用するのかまだ分からないな」

まあ、仕方ないか。今戦ったサーペントは、普通の冒険者でも倒せるような魔物だ。化け物クラスの強さを持つ俺からしたら、手加減しても遊び相手にすらならない。

「う～ん、オーガとかゴブリンの上位個体を探すか。蛇よりもマシな戦いになるだろ」

そう思った俺は、魔物の死体を異空間へ入れて探索を再開した。

十分程が経った頃、俺はゴブリンの上位種を見つけ、戦闘に入る。

「グギャッ！」

「迷宮から生まれるのに、なんでゴブリンは臭いんだよ……最初から臭いとか、生物としてマジで嫌いになりそうだ」

そんな悪態を吐きながら、距離を取った場所から【魔法剣】を使用し、剣に属性を付与した。

今回は重さを増す土属性を付与した。

「かかってこい」

「グギャッグギャッ！」

手をクイクイ動かすと、ゴブリンは簡単に挑発に乗ってきた。

こん棒を扱うゴブリンは、武器を振りかぶり、俺を頭から叩き潰そうとする。

「グギャッ!?」

その攻撃を剣で受け止めた俺は、そう呟きながらゴブリンの腹へ蹴りを入れた。

「う～ん、上位個体でもこれか……」

「ギャッ！」

ゴブリンは迷宮の壁にぶつかり、苦しそうな悲鳴をあげる。

もういいやと思った俺は、ゴブリンの頭上から剣を振り下ろし、頭を潰して絶命させた。

「能力値が高すぎて、【魔法剣】だけでいけてしまうな……」

俺の新スタイルは、【魔法剣】だけじゃなく魔法も使う予定なのに、この程度の迷宮じゃ魔法を使う前に一瞬で終わってしまう。

普通の魔物じゃやはり物足りない。そう感じた俺は、早々にこの迷宮を出る事にした。

「教えてもらった、もう一つのほうに行くか……」

アルティメシス様には、二つの迷宮を教えてもらっていた。

一つは、先程まで探索していたジルニアの国境付近にある人が少ない迷宮。もう一つは、魔帝国内にある迷宮だ。そっちは人がたくさんいると聞いて、目立つのも嫌だし行くのはやめていたんだ。

でも、こっちの迷宮で探索を続けたところで鍛錬になりそうもないし、人と会っても気にしない方向で、魔帝国の迷宮に行くと決める。


「……という事で、そこの迷宮使ってもいい？」

俺は魔帝国の城を訪れ、直接皇帝にお願いする。

皇帝はすんなりと許可し、許可証を発行しながら言う。

「どうぞどうぞ、お好きなように使ってください。でも、迷宮のコアは壊さないでくださいね？資源になる鉱石が採れる迷宮なので」

「了解。ボスは倒しても、コアは壊さないでおくよ」

俺は、お礼の品としてエリクサーを皇帝に渡しつつ迷宮へ向かった。

◇　◇　◇

迷宮の入口には門番がいた。その門番は前の戦争時に、俺が銃で倒した奴だったみたいで、こっちを見るなり怯えた表情をした。

そいつに許可証を見せて、俺は迷宮内へ入る。

何度か冒険者とすれ違いながら、奥へ奥へと行く。

道中、特に問題なく攻略していく俺に対し、冒険者達は仰天した様子で、遠巻きにヒソヒソと話しているのが聞こえてきた。

まあ、たった一人で難なく迷宮攻略をこなしていたら、そりゃ悪目立ちしちゃうか。

俺はそう思いながらも、ズンズン進んでいった。

道中の攻略では【魔法剣】しか使っていない。

本当だったら、魔法も組み込んだ本当の新スタイルを試したいのに、やはり魔物が弱すぎて、使うまでもなく倒してしまうのだ。

「っと、これで五十階層目だな、ここからはマシな戦闘ができるといいんだけど……」

そう思った瞬間、強大な力を感知した。

それが人間からでなく、迷宮の魔物からのものだと感じ取った俺は、手ごたえのありそうな獲物を誰かに取られる前に、自身に強化魔法を付与しながら急いで向かう。


「グルォォォ‼」

魔力が反応する場所に到着すると、黒い肌をしたオーガがいた。普通のオーガより身長が低いが、潜在能力は高そうに見える。さっきの気配はこいつのようだ。

「ほほう。オーガの亜種か……」

しかし、黒いオーガは既に他の冒険者と交戦中だ。間に合わなかったか、と少し悔しく思う。

クソッ、他を当たるかな。

しかし移動しようした俺は、オーガと対峙《たいじ》している冒険者を見て気付いた。

「んっ？　あいつら、苦戦してる？」

様子を窺っていると、どうにか逃げようと必死みたいだ。

これは！　と思い俺は声をかける。

「おい、そこの冒険者！」

「ッ!?」

オーガと冒険者の視線が、俺に集まる。

「そこの黒いオーガ、俺が貰ってもいいか？」

「た、助けてくれるのか!?」

「助ける？　う〜ん、まあそうそう！」

実戦訓練をしたいだけだけど……という本音は隠してそう言うと、冒険者達は「頼む！」と大きな声で返してきた。

迷宮内での獲物の横取りはルール違反。だから俺はちゃんと許可を取って、オーガとの戦闘権を譲り受けたんだ。

「というわけでそこの黒い鬼さん、俺と遊びましょ！」

「ガァアッ！」

戦闘を邪魔されて苛ついたのだろう、オーガはピクピクと額に青筋を立てている。そして直ぐに持っている戦斧《せんぷ》を地面に叩きつけた。

猛《たけ》って暴れるオーガ。

これは強そうだな。

「良し良し良し、強敵の魔物だ！　新スタイルを完全解放できるぞ！」

ワクワクしながら、俺は剣に属性を付与した。

付与するのは、風のように斬撃を飛ばす事はできないが、光速に近い剣術が可能になる光だ。

しかし、光速に近い剣術がオーガの戦斧によって防がれてしまう。

「グルァッ！」

「つっ、反応速度が異常だな……スキル持ちか？」

ああ、こいつは【魔法剣】だけじゃ倒せない。

瞬時にそう理解した俺は、魔物が弱すぎるからと、手加減して使わないでいた能力を解放していく。【身体能力強化】【予知】【限界突破】の順に発動していき、再びオーガと向き合う。

オーガは、徐々に加速していく俺に対処ができなくなっていった。

体に傷ができていくも、オーガは悲鳴をあげる事もせず、ただひたすら戦斧で攻撃してくる。

「いいぞいいぞ鬼野郎！　お前が迷宮産の魔物じゃなかったら、従魔にしたかったぜ！」

迷宮で生まれる魔物は、従魔にはできない。何故なのかは知らないが、アルティメシス様からも言われている。

なのでせっかくこうして互角の戦闘をしている黒いオーガも、倒せば二度と会う事はできない。

「オラァァ！」

「グルォォ！」

魔法も使いながら戦っていたが、最後は剣で力勝負を挑んだ。

オーガが、戦斧を振りかざしてくる。

「楽しかったぜ、黒い鬼さん」

「グルォ……」

オーガは倒れながら「俺もだ」と口にしたような気がした。その顔は何処か満ち足りたように見える。

迷宮の魔物のあんな表情を目にするのは初めてで驚いた。

迷宮にはまだまだ俺の知らない不思議な事がたくさんあるんだな。

助けた冒険者達からはお礼を言われた。俺はただ強敵と戦いたかっただけだと言って、頭を下げ続ける冒険者達と別れた。

◇　◇　◇

「えっ、奴、迷宮の魔物じゃなかったんですか!?」

「うん、あのオーガはアキト君と別の入口からやって来たみたい。外から迷宮に入ってきた魔物だったようだね」

迷宮攻略を終わらせ帰宅した俺は、自室に現れたアルティメシス様にそう告げられた。

「……道理で不思議な奴だと思ったよ」

アルティメシス様の言葉に、俺はなんだかショックを受けた。

迷宮外の魔物だと知っていたら、絶対従魔にしていたのにな。

アルティメシス様は更に続ける。

「で、その黒いオーガ君なんだけど、彼、特別な能力を持っていたんだよね」

「特別な能力？」

「うん。アキト君が倒した後、黒いオーガ君は消滅せずに、迷宮外の魔物として新たに生命を授かったんだよ。それでよく調べたら、彼の能力に【一生五回】ってスキルが存在してた。なんだろって思ったら、元々のスキルは【一生十回】ってスキルで、十回この世界で生き返る事ができるみたいなんだよね」

んんん？　つまり、この世界で十回転生を繰り返すわけ⁉

「……十回って、ズルくないですか？」

「うん。私もズルいと思ってそのスキルを調べたら、黒いオーガ君しか持ってなかったんだよね。直ぐに他の者は誰も取得できないよう削除したよ。十回も転生できる権利を持っていたら、なんでも放題だからね。持っていたのが、知恵の回る人間じゃなく、純朴な魔物のオーガで良かったよ」

「そうですけど、なんでまたそんなスキルが存在してたんですか？」

「……一時期、書類に目も通さずポンポン判子《はんこ》を押してた時があったから……その時に間違って新スキルとして登録したのかも……」

何やってるんだ、この主神は……

俺がジト目でアルティメシス様を見る、アルティメシス様は責任を感じた様子で肩を落とした。

「ごめんよ。もうこんな事がないように、この後全てのスキルの見直しをするつもりだよ」

「それがいいですね。十回も転生できる権利以外にも、まだヤバいスキルがありそうですし」

「うん。頑張るよ。それでアキト君。黒いオーガ君を従魔にしたいんなら、彼の居場所を教えてあげようか？」

そう言われた瞬間、俺は咄嗟に頭を下げて「お願いします！」と叫んでいた。

黒いオーガが新たに転生した場所は、ジルニア国内の森の奥地だった。

「グルォ……」

「よっ。さっきぶりだな、黒い鬼さん」

俺は、転生したてのオーガに声をかける。

まさか俺が現れるとは思わなかったのだろう。生まれたばかりの黒いオーガは、俺の姿を見てかなり驚いていた。なお、見た目は先程と変わらず、二メートル五十センチくらいの身長に黒い肌をしている。

俺はオーガに尋ねる。

「なあ、お前って強くなりたくて迷宮に潜ってた感じか？」

「グルォ」

「その返事は肯定と捉えてもいいのか？」

オーガは、コクリと頷く。

うん、こいつ完全に人の言葉を理解しているな。もしかして、こいつも人間からの転生者なのか？

いやでも、これまで魔物に転生した転生者なんて見た事も聞いた事もないが……

「なら、俺と一緒に来ないか？　俺も今、強くなろうとしてる途中なんだ。それで、いずれは竜王と戦って勝つつもりでいる」

「グルォ⁉」

オーガは、信じられないといったように唸り声をあげた。

ふむ、魔物にも竜王の力は知れ渡っているのかな。

「どうだ？　俺の従魔になって、一緒に強くならないか？」

「……グルォ」

俺の差し伸べた手を、オーガは取った。

こうして彼は、俺の従魔になった。

「よしよし、それじゃ早速、武具を新調しよう。さっきまで使っていた武器もあるけど、新しくしたほうがお前もいいだろ？」

「グルォ！」

「そうかそうか。よし、それじゃ行くぞ！」

俺はオーガと共にチルド村へ向かった。


鍛冶場へ向かう道中、オーガの名前を考える。いくつか候補ができたので、オーガにどれがいいか選んでもらった。

オガタロウ、オガノスケ、クロオニといった名前はボツにされ、最終的にクロガネという名前を気に入ったようだ。見た目からして黒くて鋼《はがね》のような体をしているから、ぴったりの名前だろう。

本人も嬉しそうにしている。

鍛冶場に着いた俺は、クロガネの装備を作るように命じた。

しかし職人達はオーガの装備なんて作った事がなく、しばらくクロガネはここに滞在し、まずは寸法から測ってもらう事になった。

事情をクロガネに話すと、話を理解しているのか、コクリと頷いた。

第21話　転生するオーガ

クロガネの装備ができたのは、三日後の事だった。

全身を金属の鎧で固め、戦斧を持ったクロガネは、装備の具合を確かめるように体を動かしている。

「嬉しそうだな」

俺が話しかけるとクロガネが応える。

「アア、ウレシイ」

「ッ!?」

カタコトだが、クロガネは人の言葉を話した。

え、こいつ喋れるのか!?

「コトバ、オシエテモラッタ」

「マ、マジか……」

「コトバ、リカイシテタ。ハナスコト、デキナカッタカラ、ツラカッタ」

「だから、覚えたのか。お前強くなる以外にも、意外と色々と考えているんだな」

クロガネは「アア」と頷いた。

その後、俺はクロガネを連れて、いつもの山へ移動する。


「今の体になったクロガネの実力を測っておこう。とりあえず、魔法なしで模擬戦でもしようか」

「ワカッタ」

クロガネはそう言って、持っていた戦斧を構えた。

俺も異空間から片手剣を用意し、合図を出して試合を始める。

「イクゾッ!」

「おう。かかってこい!」

先に動いたのは、クロガネだった。

重量感がある戦斧を軽々と片手で持ち、俺に向かって振り下ろしてくる。

「ツッ！　なかなかいい攻撃だな！」

「モット、イクゾッ！」

クロガネの攻撃は、一撃一撃が重い。能力値だけなら俺のほうが上なはずだが、一撃当たっただけで気絶しそうだ。

「ウオォッ！」

武器での打ち合いが続いていた中、クロガネが痺《しび》れを切らした様子で、戦斧を両手に持ち替え、頭上から振り下ろしてきた。

「ちょっ、マジかよ!?」

勢い、圧、そしてビンビンに感じるヤバい殺気を受けて、危ういタイミングで俺はサッと躱した。

数十メートルにわたって地面にヒビが入る。

「ナゼ、ヨケル」

「いやいや、避けるだろ普通！」

「ソウカ？」

えっ、何かしました？　的な、チート主人公みたいな感じで返された。

地面が割れて足場が悪くなった事もあり、俺達は一度休憩を挟む事にした。

「ったく、十回も転生できるだけでもチートなのに、なんだよその地面割る能力は……」

「デモ、アルジノガ、ツヨイ」

「そりゃ、俺はレベル上げとかしてきたからね……って、そういえば、クロガネのステータス見てなかったな、ちょっと見てもいいか？」

「イイゾ」

クロガネに許可を取った俺は、早速【鑑定】を使用した。

名　前：クロガネ
年　齢：0
種　族：オーガ（亜種）
身　分：従魔
性　別：男
属　性：火　土
レベル：147
筋　力：15478
魔　力：9414
敏　捷：12474
運　：71
スキル：【斧術：MAX】【体術：MAX】【身体能力強化：MAX】

【気配察知：ＭＡＸ】【威圧：ＭＡＸ】【咆哮：ＭＡＸ】
【硬化：ＭＡＸ】【直感：ＭＡＸ】【縮地：ＭＡＸ】
【忍耐力：ＭＡＸ】【防御の構え：ＭＡＸ】【武具軽量化：ＭＡＸ】
【限界突破：ＭＡＸ】【空歩《くうほ》：ＭＡＸ】【闘争心：ＭＡＸ】
【火魔法：３】【土魔法：３】
固有能力：【一生五回】【覇王】【武道の才】
【心眼】
称　号　：転生者　戦士　努力者
従魔
加　護　：アルティメシスの加護　ディーネルの加護

うん、既に五回も転生してたら、このくらいの強さを持っていても不思議ではないのか。でも、アルティメシス様とディーネル様が加護を与えていたのには少し驚いたな。

「戦い方で分かってたけど、ガチガチの戦士タイプだな……」

「マホウハ、メシト、ネルトキニシカ、ツカッテナイ」

「成程な。それでも五回の人生で使い続けているうちに、魔法のスキルレベルも意外と上がった感じか。それにしても、俺も見た事がないスキルがチラホラあるぞ……」

そのうちの一つ、【空歩】というのがどんなスキルなのか確かめるため、クロガネに使ってもらう。

クロガネは浮かび上がると、スキル名の通り、空中を地面のように歩いていた。

「俺は魔法で浮いたりしてたけど、空中を歩く専用のスキルもあるんだな」

「コノスキル、ベンリ。タカイトコロノ、エモノモカレル」

「うん、お前の使い方は大体想像がついてたよ。それにしても、もう五回も転生してるなんて本当に凄いよ。ってか、転生ってレベルやスキルは引き継ぐんだな」

「ソウダ」

「マジでチートじゃん。スキルが消されるわけだ……」

クロガネの能力を一通り見た後、俺達は模擬戦を再開した。

結局、模擬戦は一日中ずっと行ったものの決着がつかなかった。だけどその代わり、クロガネの力を十分理解する事ができた。


模擬戦を終えた俺達は、疲れを取るために一緒に山の家の風呂に入った。

「仲間になった奴の中では珍しいタイプだな〜。剣士はいたけど、ここまでガチな戦士タイプじゃなかったし」

俺は隣で風呂に浸かっているクロガネに言う。

ちなみに、水で流すだけでいいと嫌がるクロガネに、湯船に入って疲れを取れと命令して、無理矢理入ってもらっている。

種族の違いがあるとはいえ、こうして隣で見ると俺とは比較にならない程筋肉ムキムキで、ちょっと男として差を見せつけられた気分だ。

「オレハ、マホウ、ニガテダカラ、タタカイデ、ツカオウトハ、オモワナイ」

「まあ、そうだろうな。それでも魔力が意外と高いのは、持続系の魔法を使ってるからか？」

「タブン。キョウカマホウハ、タマニ、ツカッテル」

そんな感じで、風呂ではクロガネと色々話をした。

そして風呂から上がって寛《くつろ》いでいると、レオンがやって来た。

レオンにクロガネの話はしてあったんだけど、初めて目にすると「おぉ……」と声を漏らし、驚いた様子だった。

「聞いてた通り、でかいな……姿を見た事は一度もなかったから、実在してるとは信じられなかったぜ」

「改めてだけど、新しく俺の従魔になったオーガのクロガネだ」

「ヨロシク」

「クロガネっていうのか、よろしく……っておい、今こいつ喋ったか!?」

驚くレオンに俺は告げる。

「言葉を覚えたんだよ。意思疎通《いしそつう》のできるオーガだ」

「また変な仲間を作ったな……」

レオンはそう言いながら、大きくため息を吐いた。

それからレオンは、ソファーに座る俺に一枚の報告書を手渡してくる。

「最近のチルド村の出来事のまとめだ。シャルルに渡しても良かったんだが、アキトの様子も確かめたかったし、直接渡しに来た」

「了解、ご苦労様」

渡された資料を少し眺めたが、特に問題もないようなので異空間へ入れる。

ついでに、レオンはクロガネの事が気になって仕方ないみたいだったので、少しクロガネの事を教えてやった。一発目に「既に五回転生してて、後五回転生できる」と言った瞬間、驚いた顔をされたのは予想通りだった。

「まさか、そんなスキルがあるとはな……」

「まあ、アルティメシス様が消したから、クロガネが持ってるやつ以外もう世界の何処にもなくなったけどね。ただしクロガネの持つスキルに関してはそのまま残されたから、クロガネは後五回死んでも何処かで生き返るんだ」

「シニタクハナイゾ、スゴクイタイシ、クルシイカラナ」

クロガネの戦闘力などについても話しているうちに、いつの間にか明日三人で迷宮に行ってみようかという話になった。

俺自身クロガネの力を実戦で見てみたかったし、クロガネも新しい装備で戦ってみたかったみたいで、クロガネに興味津々なレオンは言わずもがなで決定となった。


「……ズルいよズルいよ、アキトばっかり……」

「父さん、拗ねすぎだよ……」

部屋の隅でずっとウジウジしているのは父さんだ。

突然クローウェン領の我が城にやって来た父さんは、クロガネを見て仰天した。

そこで新しい従魔だと紹介しながらざっと能力も教えてあげると、ステータスだけでも化け物クラスなのに転生の事を聞いて、「ズルいズルい」とダダをこね始めたというわけだ。

あまりにも拗ねて面倒だと思った俺は、適当に「今度は父さんに似合う従魔を見つけてくるよ」と言ってしまった。

……うん、なんのアテもないや。アルティメシス様に頼ろう。


翌日、レオンとクロガネと俺の三人で、迷宮へやって来た。クロガネと初めて出会った場所である魔帝国の迷宮だ。

クロガネが他の冒険者に誤って攻撃されると困るので、事前に「黒いオーガは俺の従魔だ」と魔帝国内の冒険者ギルドと、迷宮の門番に伝えてから中に入る。

クロガネの実戦が目的なので、クロガネを先頭にして進む。俺達は後方から戦いを見守っていた。

「……あいつ、ヤバくないか？」

クロガネの奮闘を見て、レオンがポツリと呟く。

「まあ、ステータス見たから知ってたけど、普通に俺達クラスの化け物だよ。たぶんだけど、レオンとでもいい勝負すると思うぞ」

「そりゃ、あんな戦斧の使い方をされたら、納得せざるをえないな……」

同じオーガ種の集団を一撃で蹴散らすクロガネの姿に、レオンはため息を吐く。道中、冒険者がクロガネを見て驚き、声をあげて逃げていく事も何度かあった。

「装備でオーガだと分かりにくくしてるのに、皆よく気付くよな……」

「そりゃ、あれだけ立派な角が生えてるんだから、誰だって分かるだろ」

そんなやり取りをしつつ、更に迷宮の奥深くへ潜っていく。

しばらくしていい加減歩き疲れたのと、返り血で汚れたクロガネの装備を洗うために、休憩を取る事にした。

休憩に入って直ぐ、レオンがクロガネに尋ねた。

「そういやさ、今まで気にしてなかったけど、クロガネってなんで強さを手に入れようとしてるんだ？」

「……キキタイノカ？」

確かに俺も気になっていたけど、魔物は戦いが生き方のメインとなるから、普通に強くなりたいだけだと思い込んでいた。ちゃんとした理由があるのだろうか。話題に乗っかり、「俺も気になってたんだよな」と身を乗り出す。

「理由？」

「ツヨサヲモトメテルノハ……アルリユウガアルカラダ」

「アア、オレガテンセイデキルノハ、シッテルダロ」

「ああ、元々は十回も転生できるスキルだったって教えられて、マジで驚いた」

「オレノ、サイショノセイハ……ニンゲンダッタ」

「「ッ!?」」

俺とレオンは驚きのあまり立ち上がった。

クロガネの過去がまさか人間だったなんて――思いもしない事実を告げられて仰天しつつも、クロガネが人間だった頃の話を聞かせてもらう事にした。

クロガネの最初の生は、ジルニアから遠く離れた別大陸の農村で始まった。

生まれた時から体が大きく、成長するにつれて力も強くなっていったクロガネは、村を出て冒険者となった。そして仲間を見つけ、充実した生活を送っていたという。

しかし、その生活は突然奪われた。

ある日、いつものように依頼された仕事から帰ってくると、クロガネに向けて兵士が押し寄せてきたという。理由は、国への反乱という身に覚えのない罪状だ。

仲間達は勿論クロガネを庇《かば》ったが、兵士達は問答無用でクロガネを捕らえ、牢に押し込んだ。

こうしてクロガネは騎士団の奴隷となり、戦争に駆り出される身となってしまった。

クロガネが理不尽に奴隷落ちした理由――それがただ単に〝戦争に使える強い兵士を手に入れるため〟だと分かったのは、後の事だ。クロガネが選ばれたのは、身分が低く、戦闘力があるからだった。

戦場では常に前線に配置され、毎日毎日戦い続きのまま、傷の手当てもろくにされなかった。そしてある時、毒の攻撃にやられ、思うように体が動かない状態で敵兵に殺された。

殺される瞬間、クロガネはこんな悲惨な人生を送らせた国に憎悪を向けて死んだ……そして次に目を覚ますと――人間を憎む心のためか、黒いオーガとなって転生していたという。

その時に自分の不思議な固有能力に気が付いたと、クロガネは語った。

俺とレオンは、しばし呆然としていた。

「……えっと、想像していた以上の凄い過去なんだけど」

「マア、イツカ、ソノクニヘフクシュウシタイカラ、ツヨクナロウトシテイタ」

「成程な。そこまで酷い事をされたら復讐もしたくなるだろう」

俺がそう納得していると、隣で聞いていたレオンが「もしかして」と口を開く。

「なあ、クロガネ。お前の復讐したい国ってのは、大国オルゼノじゃないか？」

レオンが言ったのは、ジルニアから遠く離れた大陸にあり、その大陸の土地をほぼ占拠している大国だ。ヒューマン、獣人、亜人、色んな種族が差別なく暮らしていて、国土の面積はジルニアとほぼ変わらない。

ジルニア同様、数十年前まで大きな戦争が何度もあってゴタゴタしていたが、今はスッカリと落ち着いている。他国から観光客が来る程の名所もあり、風光明媚《ふうこうめいび》な国として有名だ。

「トウジハ、チガウナダッタガ、タブン、ソノクニダロウ」

「オイオイ、あの国はそんな事をしてたのかよ……」

レオンはクロガネの返事に、苦い顔になる。

俺も大国オルゼノの表《おもて》だけの状況を見れば、レオンと同じように思ってたかもな。そう思いながら、クロガネに声をかける。

「という事は、影が見つけた情報は本当だったんだな……クロガネ、お前がいた兵団は〝黒騎《くろき》士《し》〟って名前じゃないか？」

「ソレダ。アルジ、ヨクシッテイタナ」

「まあな。でも、良かったな、クロガネ」

「ヨカッタ？　ドウイウコトダ？」

「俺の次の敵になるとしたら、その国だ」

「ハァ!?」

今度はレオンが驚いて大声をあげ、こだまが迷宮に響き渡った。

第22話　仮想敵国

大国オルゼノが敵になる可能性がある。

それをレオンとクロガネに話して数時間が経つ。レオンもクロガネもこの話を知ってからというもの、腕試しの戦闘どころではない様子だ。なので迷宮探索を切り上げ、クローウェン領の城に移動して、人目につかない部屋にレオン達以外も集め、会議を始める事にした。

集まったのは、俺の配下でも幹部クラスの者達だ。久しぶりに見る顔も結構いた。突然の招集にいぶかしげな顔をしている者達もいる。

しかし、次のレオンの言葉に、場は一瞬で静まり返った。

「それで、次の敵は、本当に大国オルゼノなのか？」

迷宮では詳しい話をしてやらなかったので、レオンはこの場では全てを聞きたいといった雰囲気だ。まあ、隠し続けるのも申し訳ないし、話しておくしかないよな。

「本当だよ。次の敵になる可能性が高いのは、ジルニアがあるこの大陸から、遠く離れた別大陸の大国、オルゼノだ」

俺の肯定によって、静かだった部屋が一気に騒がしくなった。

直ぐにシャルルが皆を制し、続きを聞くように促す。場の緊張感が高まる中、俺は言葉を紡ぐ。

「まあ、本当に敵になるかどうかは相手次第のところもあるけど、俺は現状では敵だと思ってるよ」

「……それは、何故なんだ？」

レオンに尋ねられ、答える。

「うん。俺を暗殺しようとしたからね」

その言葉に、反応した者が一人いた。元暗殺者で、俺に暗殺を仕掛けた人物――クロネだ。

「ご、ご主人様……それって、もしかしてだけど……」

「ああ、そうだよ。クロネが引き受けた俺の暗殺依頼……調査の結果、依頼の出所は大国オルゼノの王族というところまで分かったんだよ」

「う、嘘……」

クロネは信じられないという顔をする。

俺も初めて聞いた時は、本当に驚いた。五年前、このジルニアと小競《こぜ》り合いをしていたのは魔帝国と神聖国の二国だけだった。二国を落とした俺は、暗殺を仕掛けてきたのはどちらなのか、当然確かめた。しかし、どちらの国もはっきりと否定したのだ。

「それで、色々と調べていって……数年かかったけど、遂に俺の暗殺を企《くわだ》てた犯人を見つけたんだよ。それが大国オルゼノの人間、しかも王族だったたっていうのは、マジで驚いたけど」

俺の説明を聞いてなお、レオンが問いつめてくる。

「そ、それは本当なのか？　数十年前でも大国オルゼノは大陸内の覇権《はけん》争いに熱中してて、別大陸まで手を出そうとしていなかったぞ？」

「ああ、そこは俺も気になった。だけど、依頼元が大国オルゼノの王族なのは間違いない」

断言すると、レオンも遂に口をつぐむ。場はシーンと静まり返った。

皆ショックを受けていたので、今後の対応は後日話し合う事になり、この場は解散した。

レオンやクロネ達はチルド村に帰り、俺はシャルルと二人で部屋に残った。

「良かったのですか、今言っても？」

「遅かれ早かれ言うんだから、早めに言って気持ちの整理をしてもらったほうがいいだろ？　レオンでさえ、あんなに強大な大国が相手になるかもしれないと聞いて、ショックを受けていたみたいだからさ」

「……そうですね。私も、大国オルゼノが相手となると、色々と考えてしまいます」

「そういう事だ。とりあえず、配下達に言ってしまった以上、父さんにも報告しておくよ」

俺は【ゲート】を使うと、王都の実家へ久しぶりに向かった。

俺が突然現れるのに慣れたのだろう、最早《もはや》驚く事すらなくなったメイドに、父さんがいるか聞く。在室しているとの事だったので、早速訪ねていった。

「父さん、今いい？」

「大丈夫だよ。アキト」

了承を得て中に入ると、父さんはいつものように執務資料の確認をしていた。そのうち一区切りついたようで、父さんが声をかけてくる。

「ごめんね。お待たせ。それでどうしたの？」

「うん。今日ちょっと奴隷達と会議を開いてね。その内容を父さんにも話しておこうと思ってさ」

「会議って、クローウェン領の会議でしょ？　父さんが聞いてもいいの？」

父さんはキョトンとしている。

「聞いておかないと、後で胃痛に苦しむかもしれないからね」

俺の言葉に、父さんは途端に「えっ？」と嫌な顔をして、机の引き出しから胃薬を取り出した。

「準備がいいね」

「まあ、王として色々と悩みは多いからね……よし、それじゃ会議の事聞かせてくれる？」

苦労性の父さんに感心半分、哀れみ半分な気持ちになりつつ、俺は会議で奴隷達に言ったのと同じ事を話した。

「…………」

全て話し終わると、父さんは絶句した。

まあ、これだけの事を聞かされて、そういう反応にならないほうがおかしいよな。

「……本当なの？」

「うん、父さんも知ってるでしょ。俺の〝影〟が有能なのは」

「知ってるけど……まさかアキトに暗殺を仕掛けたのが、大国オルゼノの王族なんて……」

父さんは準備していた胃薬を水で流し込み、頭を抱え始める。

「まだアキトのほうは動いてないんだよね？」

「まだね。向こうも暗殺の件以降、一切関わってこないから、特に急いでる気配はないね」

「成程……」

父さんはそう呟いて、言葉を続けようとした。

だが、俺は父さんが言おうとしていた事を先読みして告げる。

「父さん、今回は動かなくていいよ」

「えっ⁉　ど、どうして？」

やっぱり父さんは俺の力になろうとしてくれていたみたいだ。

いやまあ、息子が大国から狙われたって知ったら、どんな親だって心配するだろうけどさ。

「だって、父さんが動けば国同士の問題になるでしょ？　ようやく戦争も終わって、ここ数年は落ち着いてるのに、今更大国オルゼノと小競り合いを始めたら、平和な日常が崩れちゃうよ」

「でも、アキトだけが動くのは危険だよ？」

「大丈夫だよ。父さんが動かなくても、俺は俺の力でどうにかするから。そのために最近は、活発に色んな国との繋がりを作っていたんだ」

魔帝国や神聖国、更に竜王と親密な関係になったのは、対大国オルゼノを想定しての事だ。暗殺の件は皇帝や竜王達に事前に話したけれど、その上で今も俺の味方をしてくれている。

「ま、魔帝国の皇帝もアキトの味方になってるの？　あの、皇帝が？」

皇帝の名を出すと、父さんは驚いた様子で聞き返してきた。

俺も皇帝を従わせられるようになった時は驚いた。その時の皇帝の言い分は「アキト様以上の敵は未来永劫《みらいえいごう》現れない気がする」との事だった。

「……アキト、一体何をしたらあの皇帝がそんなふうに思うんだい？」

「まあ、色々とね。今はいい関係を作っているよ？　出会いが出会いだったからね～」

皇帝との詳しい話を上手く躱して、俺はもう一度父さんに「大国オルゼノに対して動かないように」と釘を刺すと、部屋を出た。

廊下には、俺が来ていると聞いてやって来た母さん、姉さん、兄さんがおり、久しぶりに家族の会話を楽しむ。アリスとの仲について聞かれたので、上手くいっていると伝えた。

兄さんと姉さんからは、今度遊びに行ってもいいか聞かれた。予定が合う日はいつでも来ていいよと言って、俺はクローウェン領の家に戻った。

早速、シャルルに尋ねられる。

「どうでしたか？」

「うん、ちゃんと伝えてきたよ。ただ、思っていた通り父さんが動こうとしてたな。止めてはおいたけど、一応動きを見ておいて」

「分かりました」

その後一人になった俺は、自分の部屋に戻る。

「ふぅ～……とうとう皆に言ってしまったな……」

「そうだね」

独り言を言ったつもりでいたら、相槌が返ってきた。

「……アルティメシス様、来るのはいいですけど、急に声をかけないでくださいよ」

俺は相槌を打った神様――アルティメシス様をジト目で見つめながら言う。

「ごめんごめん。アキト君が考え事をしていたから、心配になってさ」

「はぁ……それで、今日はどういった用件ですか？」

「んっ？　特にないよ～。暇だったから、アキト君に遊びの相手してもらおうと思ってね。そしたら、アキト君が大国オルゼノの事を皆に伝えてたから、上から見てたんだ」

結構前から見てたのか……

「それでアキト君。良かったの、皆に言って？」

「ええ、いつか言う時が来ると思っていましたし、そのタイミングが今だっただけですよ」

「そっか、まあ頑張ってね。人間同士の事だし助力しないけど、アキト君の事は応援してるからね」

「……ありがとうございます」

アルティメシス様の暇つぶし相手にロックオンされた俺は、一緒にゲームをする事にした。

ネモラのおかげで、ケーブルを繋げば通信対戦ができる携帯ゲーム機が先日開発されたところだ。それを使い、アルティメシス様とレースゲームで勝負をする。

結果は俺の十連勝で、アルティメシス様は半泣きで神界に帰っていった。

その後、俺はアリスの部屋に行って、気分転換のために一緒に庭を散歩した。


「アキト、モギセンシヨウ」

翌日、朝食を食べ終わってアリスと雑談していると、クロガネがやって来た。

クロガネが住んでるのは、チルド村ではなく俺の城だ。魔物なのに言葉が喋れるし、何より強いので、もしもの時のためにアリスの護衛を務めてもらっている。

俺はアリスに尋ねる。

「ん～。アリス、いいかな？」

「私はいいよ～。あっ、でも、アキト君が戦う姿って最近見てないから、私も模擬戦見たいかな」

「了解。それじゃ今日は庭で模擬戦をするか。クロガネ、先に行っててくれ」

「ワカッタ」

先にクロガネを向かわせ、一度部屋に戻って動きやすい服装に着替える。

庭に出ると、クロガネはウォーミングアップを終え、戦斧を片手に構えて準備万端で立っていた。

どんだけ、戦いたかったのさ！

「さて、クロガネ。今回は城の近くだし、あまり全力ではやるなよ」

「ワカッタ。コワサナイテイドデ、ウゴケバ、イインダナ」

「そうだ。それに近くでアリスも見てるからな。絶対に怪我はさせないように」

俺とクロガネは互いに視線をぶつけながら距離を取る。

アリスの合図と共に、クロガネは一瞬で俺の目前まで移動した。直ぐさま構えた戦斧を横に振りかぶる。

「見切っているよ。クロガネ」

「ッ！」

俺はジャンプしてその攻撃を躱し、クロガネの頭に蹴りを入れて、数メートル吹っ飛ばした。

本当だったらもう少し飛ばすつもりだったが、流石戦斧を使うクロガネだ。足腰が異常なまでに強靭《きょうじん》で、大してダメージを与えられなかった。

「オォォォォ！」

クロガネが雄叫びをあげ、戦斧を両手で持ち直すと、ジャンプしながら襲いかかってくる。

避けてもいいが……受け止めてやろう。

俺は、剣に魔法を付与して構える。

「ゴッ！」

クロガネの攻撃を受けた瞬間、足が地面にめり込む。クロガネの腕力ならこのくらいは想定内だ。

「痛《い》ってぇなあ、クロガネ。お返しだッ！」

「グルォ！」

俺は戦斧を弾き返すと、剣で攻撃する。しかしクロガネは一瞬で戦斧を持ち直して、俺の剣を受け止めた。

そこから俺とクロガネの攻防は激しさを増していった。

互いに武の能力は一級品の上、ステータスも高く、勘も鋭い。勝負は決め手に欠けたまま続く。

「ふぅふぅ……この数日でなかなか腕を上げたな、クロガネ」

「マケテバカリハ、ツマラナイカラナ」

クロガネはニヤッと笑みを見せる。

そして互いにこれが最後という気迫で、攻撃を仕掛けた。

戦斧と剣がキンッと交わる。すると——戦斧の勢いを殺しきれず、俺の剣が折れてしまった。

「……え？」

「ア……」

武器が壊れる事を想定してなかった俺は、その場で固まってしまった。

クロガネも、主である俺の武器を壊してショックを受けたようだ。俺と同じように集中力が切れ、折れた剣を呆然と見つめている。

戦いが続けられなくなったので、やむを得ず模擬戦を中止した。

その後、俺は新しい剣を作ってもらうために、チルド村の鍛冶師の所に向かった。

「クロガネの戦斧は、アキト様のより重たくて、強い鉱石を使ってたからですかね～……」

クロガネの戦斧を作った鍛冶屋は、ポッキリ折れた俺の剣を見て、そう言ったのだった。

第23話　戦争準備

「新しい剣ができるまで、模擬戦はお預けだ」と伝えると、クロガネは申し訳なさそうな顔をして頷く。

「気にするなよ～。あの剣は大分使いこんでたからな、俺の扱い方が下手なだけだったんだよ」

落ち込んでいるクロガネにそう声をかけてやったが、あまり励ましにならなかったみたいだな。

翌日、朝食を食べて仕事部屋に行き、メイドに「誰も入れるな」と言ってから【図書館EX】で図書館へ行く。

「さてと、模擬戦や特訓はしばらくできなくなったし……ちょうどいい機会だから、大国オルゼノとの戦争を想定して、色々と準備をしておくか」

ジルニアは、爺ちゃんをはじめとする一騎当千《いっきとうせん》な化け物戦士が無双する事で勝ってきた国だ。それに対して大国オルゼノは、国全体が総力を結集する事で勝ち続けている。もし事を構える事態になったら、力でゴリ押しするだけでなく、戦略を使う必要もあるだろう。

「まあ、といっても実際はまだ戦争が起きる気配もないし、今後の相手の出方次第だけどな……」

ひとまず今の問題は、俺を暗殺しようとした一件だ。なんだかんだいって俺は大国の王子だ。大国オルゼノはまがりなりにもジルニアの重要人物を、暗殺者なんかを使って始末しようとした。もしバレたら国際的に大問題だ。なお、大国オルゼノが黒幕という証拠は既に集め終わっているけれども、何が目的だったかは全く分かっていない。

「同じ大陸内なら分かるけど、なんで別大陸のジルニア、それも俺を狙ったかだよな」

やっぱりこれが最大の謎だ。更には依頼人は王族ときている。

「しかも暗殺されかけた当時って、俺が大人しく生きてた時代だよな。逆になんで今、狙われないのかが不思議だよ。領地や商会の事もあるし、強くなってきた今のほうがよっぽど、消したい理由が思い当たるけどなあ」

そんな事を考えながら、戦争での戦術が書かれた本を読み漁る。

その後、ある程度の知識を得た俺は、図書館から戻ってきた。

窓の外を確認すると昼頃だったので、食堂に行く。ちょうどアリスもいたので、一緒にご飯を食べる。

「アリス、この後って時間ある？」

「ん？　あるよ〜。今日も気分転換に、お庭でも散歩する？」

「いや、ちょっと根詰めて色々と考えてるから、庭だけだと気晴らしにならなそうなんだ。街に出てデートしないか？　いつもこんなついでのようにしか誘えてなくて悪いけど……」

「気にしなくていいよ。アキト君が忙しいのは分かってるから。私はアキト君と一緒にいられる時間があるだけで嬉しいよ」

ニコッと笑ったアリスの笑顔が眩しくて、俺は笑顔で「ありがとう」と伝えた。

食事を終えた俺とアリスは、外出用の服に着替えて街に出た。

デートに選んだ場所は、ラトアに最近できたゲームセンターだ。

アリスは最近、家でゲームをやってる事が多い。まあ、ゲーム機が開発されたばかりだから、ハマるのも当たり前だろう。

「ねぇ、アキト君。あっちのゲームも見に行っていい？」

「いいよ。アリスの好きなのをやろうか」

アリスはゲームセンターに入ってから、ずっと嬉しそうにはしゃいでいた。

筐体型のゲームやクレーンゲーム、後は子供用に作った小さなボウリングなど、色んなゲームをして楽しんでいる。

俺は自分からゲームはせずに、そんなアリスを見ていた。

それだけで勉強の疲れも吹き飛んでいたんだけど、とはいえ最後にはアリスに感化され、大国オルゼノの事を忘れて一緒にゲームに興じたのだった。

◇　◇　◇

数日後、シャルル経由で「新しい剣ができあがった」と報告が来た。

朝食を食べ終えたところで聞かされた俺は「受け取ってくる！」とアリスに告げ、早速チルド村の鍛冶屋へ向かう。

「アキト様、これが新しい剣でございます」

「おぉ!!」

鍛冶師が持ってきた剣を見て、俺は思わず声をあげる。前使っていた剣より何倍もいい輝きを放っていて、手にしただけで体に馴染むのが分かった。

「びっくりした！　前より凄くしっくりくる！」

「アキト様が使いやすいように、刃の長さから重さまで、考え抜いてお作りしました」

「そうだったのか、ありがとう！　いや〜、いいなぁこの剣」

剣を眺めるだけでワクワクしてくるな……


そんなわけで、家に帰る前に少しだけ迷宮に立ち寄る事にした俺。

最初に出てきたのは、普通のゴブリンだ。

ゴブリンは俺を見つけると、嬉しそうに襲いかかってきた。相手との力量差も測れない程度の低級だが、それでも実戦には違いない。

「ギャッ！　ギャッ！」

俺はゴブリンに剣を構え、相手の攻撃が当たりそうになった瞬間、横振りした。

「ギャ……」

数秒遅れてゴブリンの体がサーッと崩れ、絶命した。

うん、この剣、思っていた以上に馴染んでるな。使いやすさからいっても、以前まで使っていたものとは比べ物にもならない！

「ハハハ、これは楽しいな～！」

調子に乗った俺は、低級の魔物しかいない迷宮で暴れ回った。


そして今、俺はシャルルに説教されている。

「低級の迷宮は、下位の冒険者が訓練用に使う所です。アキト様のように強い方が、遊びで魔物を狩るために独占する場所ではありませんよ」

「はい……」

なんでこんな目に遭っているかというと――迷宮で暴れている人がいるとギルドに通報され、全てを察したシャルルが俺を迎えに来たのだ。

「いや、でもさ。新しい剣貰ったから、試し切りを……」

「分かりますよ。私でも新しい装備は試したくなります。しかし限度というものがあります」

「はい……」

くどくどと怒られた俺は、反省を示すため、一週間迷宮に行くのを自制する事にした。というか、シャルルから行くのを禁止されたのだった。

ションボリしながら部屋を出ると、アリスがやって来て頭をよしよしと撫でてくる。

「アキト君、やりすぎは駄目だよ」

「もうしないよ……」

俺は今回の件を深く反省し、二度とやらないと誓った。

その日は何もやる気が出なかったので、模擬戦しようと言ってきたクロガネの誘いを断り、ずっと本を読んでいた。隣ではアリスも一緒に読書していて、静かな一日となったのだった。

◇　◇　◇

「よし。昨日はちゃんと反省したし、今日はしっかりやろう！」

朝から自分に言い聞かせた俺は、朝食を食べた後、まずは領地の仕事に取りかかった。

シャルルがある程度やってくれていたのでサクッと終わり、今度は商会のほうに取りかかる。商会はかなり軌道に乗ってきていて、初期に契約した大商会以外にも取引先が増えている。

「……さてと、机仕事はここまでか」

「この後はどうされますか？」

シャルルに尋ねられ、俺は戦争の資料を調べて以来考えていた事を話す。

「そうだな、久しぶりにクローウェン領を見て回ろうと思ってる。大国オルゼノと争いになった時のために、ちょっと仕掛けを作ろうと思ってたんだ」

「分かりました。それでは、私は商会で他の仕事をしておきますね」

シャルルはそう言うと、転移魔法で消えた。

その後、俺は自室に戻って変装すると外に出た。

最初に向かったのは、チルド村とは正反対の場所にある小さな村だ。旅人を装って村に入り、村人達の生活を見て回る。中心部からは遠く離れているが、人々には活気があり、一日一日を楽しく生きているみたいだ。

変装したまま村長の家へ行くと、村長が大声をあげる。

「領主様⁉」

「こら、変装してるんだから」

ひそひそと咎めつつ、家に入れてもらう。

「ど、どうしたんですか？」

「いや、ただの視察だよ。見た感じ問題はなさそうだけど、ちゃんと暮らせているか？」

「はい、問題なく暮らしております。頻繁に襲ってきた盗賊も、領主様が派遣してくださった方達に懲らしめられてから、一切見なくなりました」

村長は嬉しそうに言った。

この村は、辺境と言われている俺の領地の中でも、最も王都から遠い場所にある。俺が来る前は、近くに盗賊が住み着き、村人達は怯えながら暮らしていた。だから領主が俺に代わって直ぐに、盗賊をレオン達に追い払わせ、村の再建を行ったのだ。

「そうか、それは良かった。あいつらは警備隊として定期的に派遣するから、また何か起きたら報《しら》せてくれ」

俺は村長と握手をすると、村長宅を出る。

そして村にある仕掛けをしてから、次の村へ向かった。

次の村でも同じように見て回り、異常がないか確認する。そして村長の所へ行って村の普段の様子を聞き、再び仕掛けをしてから次の村へ向かった。


こうして半日かけてクローウェン領内の村・街を全て回り終え、俺は城に戻ってきた。

「お疲れ様です。アキト様」

シャルルに労われつつ、仕入れた情報から、改善点を伝えた。生活自体には不便を感じていないみたいだったが、所々気になる事があったのだ。道路や家などが直しきれていなかったり、復旧後にまた壊れてしまったりした場所もあった。

「分かりました。職人達を向かわせます」

「頼むよ。あと、ここここの村は今月の税は免除にする。魔物に畑を荒らされたみたいでね」

「直ぐに対処しておきます」

そんな感じで、いずれ報告として挙がってくるであろう問題もいくつか先に見つかったので、先んじて対処する事ができた。

シャルルが俺の話で出た〝仕掛け〟について知りたそうな様子を見せたので教えてあげる。

敵を感知する魔道具を村に設置し、受信機を村長に渡しておく。非常事態が起きた時は、結界を作る魔道具が作動し村全体を覆う、というものだ。

これは、戦争を想定した仕掛けである。

「やはり、領地は自分で見て回るのが一番ですね」

「ああ、そうだな。時間ができたらそうしたほうが、領内の事を把握しやすいからな」

「そうですね。今後は、私もお忍びで視察に向かってみます」

「……無理はするなよ。ただでさえシャルルには色んな事を任せているんだから。倒れられたら、俺まで道連れになるよ」

やる気を見せるシャルルに、俺はそう注意した。シャルルが過労で倒れた事はないが、このまま仕事を頑張りすぎると、いずれそうなる気がする。

「分かっておりますよ。アキト様に体調に気を付けるよう言われて、最近は週に一度、温泉に行っておりますので」

「そうなのか!?　全然気付かなかった」

「行っている時間が時間ですからね。早朝に海から昇る太陽を眺めながら湯船に浸かるのを、毎週の楽しみにしてるのです」

シャルルは満足そうに微笑みながら言った。

「意外な趣味だな、それは……」

仕事一筋と思っていたシャルルに、まさか温泉通いの趣味ができてたなんて。

「レオンには一度話したのですが、真顔で言われました。そんなに変でしょうか？」

「変というか、想像できないって感じだよ。日頃キビキビ仕事ばかりしてるから、温泉でゆったりしてる姿が浮かばなくてさ」

普段のシャルルといえば、午前中は書類の処理をしてるかと思えば、午後は奴隷達と話し合って領内の問題を解決し、色んな課題に取り組んでいるといった感じで働きまくりなのだ。

ちなみに俺も知らなかったのだが、領内にある大きな湖の近くに村が作られ、そこを隠れリゾート地化する計画が進められているらしい。

「なんでしたら今度ご一緒にどうですか？　いい温泉を見つけたんですよ」

こうして、次の休みには一緒に温泉へ行く事が決まったのだった。

第24話　戦力

大国オルゼノとの戦争が始まると決まったわけではないが、その準備は着実に整ってきた。

集団の強さでは大国オルゼノに勝てないだろう。それでもジルニアの戦力には俺やレオン、ジルをはじめとして、個々の能力が高い者達が揃っている。

数年前までリオン爺ちゃんのような化け物は少数しかいなかったが、最近は奴隷部隊の中から化け物クラスが何人も現れているんだ。

俺は主神の加護というこの世界で最強の加護を受けている。その加護は微弱ながらも、配下にも及んでいるみたいだ。これが能力を高めたり成長を早めたりする手助けをしてるって事なんだろう。レオンみたいに主神様本人から加護を受けている者も何人かいて、その者達は更に成長が早い。

「これもアルティメシス様のおかげです。加護を授けていただき、ありがとうございます」

改めて、主神様の力は偉大だと感じ――俺は目の前でゲームに負け、悔しがっているアルティメシス様にお礼を言った。

「感謝の気持ちがあるなら、少しは手加減してくれてもいいんだよ⁉」

「でも、接待プレイで勝っても嬉しくないでしょ？」

「そりゃさ、普通は嬉しくないけど、五十連敗してる身からしたらお情けでも嬉しいよ！」

そう叫ぶアルティメシス様が画面から目を離している隙にコンボを決め、五十一連勝目を貰う。

「アルティメシス様が格ゲー苦手なんじゃないですか？」

「苦手じゃないからね？　アキト君が強すぎるんだよ！」

「そうですかね。まあ、確かにこの前レオン達とやった時も、負けませんでしたけど」

「ほらぁ！　もう格ゲーはおしまい！」

負け続けたアルティメシス様は拗ねに拗ね、駄々をこねる子供のように、今度は他のゲームで対戦をすると言ってきた……まあ、他のゲームにしたところでアルティメシス様が負ける確率はそんなに変わらないだろうけど。

色んなジャンルのゲームをやってみたが、ほぼ九割方俺の勝ちだった。

それでも何回かは運が良かったり、俺がミスをしたりで、アルティメシス様が勝利を飾った。

その時のアルティメシス様は、跳び上がらんばかりに嬉しそうにしていた。そんなアルティメシス様を、俺は生温かい目で見守るのだった。

「そういえば、爺ちゃんを見なくなって随分経ちますけど、アルティメシス様は何処にいるか知ってます？」

「うん、まだ特訓してるよ。たまに見に行くけど、アキト君の実力が迫ってきてると伝えたら、更にやる気を出して励んでたかな。あっ、でもアキト君がいない時には王都に帰ってるみたいだよ」

「だからか……父さん達は爺ちゃんの事を心配してない感じだったから、不思議に思ってたんですよね。俺に見られないように過ごしていたのか～……」

ここ最近、爺ちゃんの魔力を一切感じ取れなかったから、少しだけ心配していた。でもまあ、あの爺ちゃんなら絶対に生きているという謎の確信もあったので、あえて探そうとは思わなかった。

「それで実際のところ、爺ちゃんの強さってどのくらい変わったんですか？」

「そうだね。民からの信仰が弱い神や、なり立ての神よりかは強いんじゃないかな。アキト君が最後に会った時から、レベルも能力値も大分上がったし、常に実戦の場に身を置く事で、技術も更に向上してるよ」

「へぇ!? さ、最後に会った時からまだ上がって……まさか500とかいってたりするんですか?」

俺は思わずトンチキな声をあげる。アルティメシス様はニコッと笑った。

「近いね。でも、詳しくは教えられないよ。リオン君から止められているからね。アキト君に再会した時、驚かせてやるって言ってたから」

「……大国を相手にするより、厄介そうなんですけど」

「まあ、リオン君の場合、狙いはアキト君だけだからね。ああ、でも大国オルゼノも狙いはアキト君だったし、そこは変わらないか。大変だねぇ~、フフフ」

「……笑い事じゃないですよ」

アルティメシス様は心底楽しそうだ。

一方で俺は、半ば隠居状態にあった、爺ちゃんという眠れる獅子《しし》を叩き起こしてしまった事を今更知った。いやまあ、眠ろうとしてたわけでもないだろうけどさ、休んでいたのを刺激してしまったのは確かだよな。

「まあ、でもリオン君の力があれば、大国オルゼノなんて最早敵じゃないよね。その域には既に達しているよ」

「爺ちゃん一人で大国の戦力と同じって事ですか？　……はぁ、大国オルゼノとの問題が解決したら、ガチで特訓モードに入らないといけないな……」

「その時は、またいい迷宮を紹介するよ。クロガネ君やレオン君も、既に普通の迷宮じゃ訓練にならないからね。一緒に行ける所を教えてあげよう」

「そうですね。よろしくお願いします」

アルティメシス様が神界に帰ったところで、体を動かそうと、庭に出て剣を振る。

すると、王都に出かけていたアリスが帰ってきた。朝早くにアリスの母・アルマさんに呼び出されて、朝食を食べて直ぐに王都に向かっていたらしい。

「おかえり、アリス。用事は終わったの？」

「ただいま、アキト君。うん、終わったよ～。大した用じゃなかったから、終わった後お母さんと久しぶりにお茶してたの」

「そうだったのか、急に行っちゃったから、何か重要な事かと思って心配してたんだよ」

これは本当だ。アルマさんの使いの人がやって来て、アリスを早朝から連れていったからさ。

「特に重要って程じゃなかったよ。ただ、お父さんが私に会えなくて元気がなくなってたみたいでね。一緒にご飯食べたり、お話ししてきたんだ」

「あ～、成程ね。リベルトさん、子供大好きお父さんだからね」

こうしてほっとしたところで、特訓を続ける。アリスも、庭の片隅に座って見物《けんぶつ》を始めた。

するとしばらくして、何故か庭先に人が集まり始めた。アリスと一緒に見物をする者や、俺と同じように剣を振る者、更には俺と模擬戦をしようという者まで現れて、ワイワイと騒がしくなった。

「だぁ！　キッツ！　おい、クロガネの相手誰か代われ！」

「無理ですよ。クロガネの相手できるの、アキト様くらいですよ！」

俺は素振りの後でクロガネと模擬戦をしたら腕が限界になった。周りの奴隷達に代わるように言ったものの、全員から拒否されてしまった。

その中で、ソロリソロリと逃げようとする影を俺は見逃さなかった。

「レオンッ！　来い！」

主の命令で奴隷紋が反応し、レオンは自分で俺のもとに歩いてきた。俺はレオンに言う。

「よし、代われ」

「フザケンナっ！　なんで俺なんだよ！」

「クロガネの力に対抗できるのがお前かローラかジルで、今ここにいるのがお前だからだよ。ジル達みたいにチルド村で仕事してたら良かったたな」

「ああ、そうだな。じゃあ仕事に戻らせてもらうよ」

「レオンの今からの仕事はクロガネの相手をする事だよ。よし、クロガネ。やれ」

逃げ腰のレオンに対して、準備万端のクロガネを向かわせる。

レオンがギョッとした様子でクロガネに目を向けると、既にレオンに襲いかかろうと、間近に迫っている。レオンは咄嗟に腰に差していた剣を抜き、クロガネの一撃に耐えた。

　こうして、レオンとクロガネの模擬戦が始まった。


　模擬戦を引き継がせた俺は、アリスの所に行く。

「お疲れ様、アキト君。クロガネ君、強いね～」

「ああ、入って間もないけど、奴の実力はこの中でもトップクラスだよ。シャルルともいい勝負をしてたしな」

「シャルルさんと⁉　クロガネ君って本当に凄いんだね。それはそうとしてクロガネ君の見た目ってあんなに強そうなのに、それに勝っちゃうなんてシャルルさん、本当に凄いよね」

「まあね。見た目は普通の執事だけど、中身は俺の奴隷の中でトップの強さだからな」

　俺の配下の実力は、クロガネやレオン、ジルなどがトップクラスにいるが、その誰よりも強いのがシャルルだ。奴の実力は本当にヤバくて、クロガネもあと一歩のところで殺されかけた。

　シャルルの場合、いつの間にか真剣勝負になってしまうみたいで、模擬戦みたいな訓練形式の戦いは苦手としている。なので、普段は皆の前で実力を見せる機会がなく、奴隷の中でもシャルルの強さを知らない者は結構多い。

「ほんと、出会った時にシャルルが俺に忠誠を誓わなかったら、当時の俺なら死んでた可能性もあったよ……今じゃシャルルも前線から退いて、能力値は俺が上になったから、そこその試合はできるはずだけど」

「当時でも、アキト様を相手にすればきっと苦戦していましたよ」

いつの間にか近くに来ていたシャルルが、ふいに声をかけてきた。

「そうか？　当時のシャルルはS級の暗殺者で『姿を見た者はほぼいない。それは見た者を殺してるから』って噂があったぞ？」

「そうでしたかね？　昔の事で忘れましたよ。それに、私はアキト様と戦う事は最初から考えていませんでしたからね。アキト様を見た瞬間、体に電流が流れ『この方へ忠誠を誓おう』と思いましたから」

シャルルの言葉を聞いていたアリスが「分かるな、その気持ち！」と言った。

「アキト君って普通にしてるように見えるけど、なんかこう、惹きつけられるんだよね」

「アリス様にもこの気持ちが分かるのですね。それです、私もその感情を初めて味わって、アキト様に仕えようと思ったのです」

シャルルが俺がどれだけ凄いのか熱弁し、アリスはウンウンと相槌を打って聞き入る。それは俺がウンザリしてしまうくらい長い間、延々と続いた……

陽も落ちてきたので、集まっていた奴隷達に解散するように言って、家の中に戻る。

夕食の準備は既にできており、アリスと二人で食事を終えると、今日も一緒に寝た。

翌日、昨日同様、朝から仕事をしていると、メイドに呼ばれた。先程父さんが突然我が城にやって来たらしく部屋で待っているという。

「ごめんね～、アキト。ちょっと急用があってさ、勝手に来ちゃった」

俺が部屋に入るなり、父さんはそう言いながら顔の前で手を合わせ、軽く頭を下げてきた。

「別に構わないよ。それで、用件は何？」

「うん、実はアキトの所で兵士の訓練をつけてほしいなって」

「兵士の訓練？　なんで？」

「いやね。リベルトがチルド村の兵士の動きを見て、『是非あそこで訓練させたい！』って言ってきてさ。父さん、流石にアキトに迷惑だよって言ったんだけど……」

でも結局リベルトさんの熱意を無下《むげ》にできず、俺に直接頼みに来たという事らしい。

まあでも、実はその話なら、前からリベルトさん本人からも聞いていた。だけど、リベルトさんは父さんの部下だ。俺の判断で国が抱えている兵士を訓練させていいのか分からなかったから、やんわりと断っていたんだよな。

「父さん、王としては、どう考えてるの？」

「う～ん。王としては、アキトの所で訓練つけてくれたら嬉しいな～って思うよ。だって、アキトの兵士達は全員が全員、凄く強いからね」

「成程ね……って事は、これまで俺が断り入れてたのって意味がなかったのか……」

「えっ、断ってたって……リベルトってば、アキトの所にも来てたの？」

「来てたよ。『兵士を強くしてくれ！』って。でもさ、一応国が抱えてる兵士でしょ？　王族といえど身分は一貴族に過ぎない俺が、勝手に国の兵士を管轄《かんかつ》しちゃ駄目だろうな～って、やんわり断ってたんだよ」

「つまり、最初から父さんがアキトにお願いしてたら、もっと早くに訓練してくれてたの？」

父さんの質問にコクッと頷くと「もっと早くに言ってよ～」と泣かれてしまった。

いや、だって聞かれなかったし……リベルトさんが父さんに言うと思ってたんだから、仕方ないでしょ!?

「リベルトもちゃんと報告してよ～」

うん、それはその通りだよね……俺はベソをかき続ける父さんを慰めるように言う。

「まあ、行き違いがあったみたいだけど、兵士の訓練ならちゃんとやるよ。ジル達には話しておくから」

「うん、ありがとう、アキト。父さんはこれからリベルトとお話をしないといけないから、帰るね。突然来て突然帰る形になったけど、この埋め合わせはまた今度するからね」

父さんはそう言って、【ゲート】を通り王都へ帰っていった。


というわけで俺はチルド村へ行き、ジルに城の兵士を預かる話を伝える。

「それでしたら、ちょうどいいですね。最近、仲間内だけの訓練じゃ物足りないって言ってる者も多いので、何か方法がないか考えていたんですよ。王国の兵士なら、いい訓練相手になりますね！」

「うん。まあ、ジルの好きなようにしていいよ。ただ、ちゃんと強くさせてあげてな」

「そこは任せてください！」

ジルは久しぶりの俺からの頼み事に、気合十分といった様子で応えてくれた。

俺はついでにチルド村を散歩して、村の雰囲気を確かめてみた。特に問題もなく平和な様子だったので、公園で一休みしていると、クロネが通りかかった。

「あら、ご主人様をこっちで見るなんて久しぶりね」

「まあな、ちょっとジルに頼み事があって来たんだよ。クロネは何してんだ？」

「今日は休みだから、買い物よ。あっ、そうそう。ご主人様に会ったら聞こうと思ってた事があるんだけど」

クロネはジーッと俺を見つめてくる。

うん、なんか嫌な予感がする。

「この村の名前、変える変えるって言いながら大分経つけど、いつ変えるの？」

「……うっ」

俺はゲッとなる。

色々あって後回しにしていたのを、完全に忘れてた……

第25話　改名会議

クロネの指摘を受けて、俺はチルド村の新しい名前を考えるために、色々と資料を漁っていた。

元々名もなき集落だった所を、悪徳前領主・フィルリン伯爵が〝チルド村〟と名づけて、その名前が今も使われている。

発展して村レベルじゃないというのもあるが、いわくのある名前だから、早く変えてほしいという住民の人達が声があがっていたのだった……

だというのにすっかり忘れていた。これはマズい。

「良い案は浮かびましたか？　アキト様」

焦ってウンウン言っている俺に、シャルルが声をかけてくる。

「全然駄目だ……元々ネーミングセンスないのに、『新しい名前つけてやるから！』って宣言しちゃったのは失敗だったな……」

今更『チルド村からチルド街に変えます』なんてレベルじゃ、たぶん白い目で見られてしまうだろうな。

「まあ、今回ばかりはアキト様に頑張っていただかないとですね」

「そうだよな……数個候補を出して、皆でどれにするか話し合うっていうのは構わないかな？」

「それくらいでしたらいいでしょうけど……そんなにいくつも思い浮かびますか？」

俺の事を熟知しているシャルルが、痛いところを衝いてくる。俺も心の中では、何個もとか無理そうだなと思っていたけれど、口では「頑張る！」と言っておいた。

シャルルが別の仕事に向かい、部屋で一人だけになった俺はソファーに横になった。

「どうしたもんかな～。命名してやるって言ったら、オリス村長なんか凄い喜んでたもんな。安直な名前を考えたら失礼だろうし、かといってこれ以上待たせても……」

既に十分長い間待たせているけれど、これ以上は限界だと感じた。

俺がチルド村に来た当時の事を思い出しながら考えていく。

当時、村には今のような活気はなく、村人達は死んだ魚のような目をしていた。子供や若者にさえ生気がない状態で、心の中で不気味だと思った。それが今では、ジルニア国内でもトップクラスに賑わいのある場所に成長している。

「……よし、なんかイメージが湧いてきたぞ」

チルド村への愛着や誇りから、いい案が出せそうな気がしてきた。

俺はソファーに座り直し、紙に名前の候補を書いていく。

そして夕食の席で、アリスに候補を見せる。

アリスは、目を輝かせてくれた。

「なんだか、今の村にピッタリな名前ばっかりだね」

「ああ、村が発展してきた経緯を思い出したら、アイディアが出てきてさ。ネーミングセンス皆無な俺なのになかなかいい案が浮かんで、ちょっと自分を褒めてやりたいよ」

得意げに言うと、アリスは可愛らしく「そうだね。アキト君って凄いね～」と褒めてくれた。

「あっ、そういえば。お父さんがアキト君に無理なお願いしたって聞いたけど、ごめんね」

「んっ？　ああ、兵士の訓練の話ね。別に無理な要求でもないし、アリスが謝る事じゃないよ。それに結局、俺の父さんからも頼まれたしね」

「でも、言い出したのは私のお父さんでしょ？」

アリスがまだ申し訳なさそうにしていたので、俺は頭を撫でて「気にしなくて大丈夫だよ」と言ってあげた。

その後お風呂に入ってから、一緒のベッドでアリスと横になる……あれっ、なんだか今日は、いつもより距離が近づいている。

「えっと、アリス？」

「うふふ、今日はアキト君ともっと近くで寝たいな～って思ったの」

そう言ったアリスは更に側に寄ってきて、ほぼくっつきそうになった。見た目的にもアリスは幼いし、年齢的にも手を出す気なんて全然ない。しかし、このいい感じな雰囲気の中で、一瞬アリスをぎゅっとするくらい、いいかなと思ってしまった。

そこで俺はハッと我に返り、手を引っ込める。

そして舌を噛んで理性を保ちながら、無理矢理眠る事にした。なかなか寝つけなかったけれど、気付くと朝を迎えていた。


だけど、目覚めると――目の前に可愛い天使がいた。

俺はアリスがまだ起きてないのを確認し、短距離転移魔法を駆使して大慌てでリビングへ逃げた。

「ふぅ~……ヤバかった~……アリスを見守ると誓ったんだ。しっかりしろ、俺！」

年齢は一緒だが、種族としての成長差もある。だからアリスと婚姻関係になるのは、成人してからと決めている。俺は誓いを思い出し、もう一度気合を入れ直すのだった。

そのうちにアリスも起きてきたので、一緒にリビングに移動して朝食を食べる。食後には昨日考えた村の名前をもう一度見直し、今度はシャルルにも見せてみた。

「ふむふむ……ほう、いい名前ですね。どれも今の村にピッタリだと思いますよ」

「そうか、なら良かったよ。色々と悩んで時間がかかったけど、これならどれかに決まりそうだね」

「そうですね。それでは会議の日程を決めておきましょうか？」

「そうだな、今回は村の代表として、オリス村長も呼んでおいてくれ」

「分かりました。それでは、皆の日程を調整して会議の日を決めてまいります」

そう言ってシャルルは、転移魔法で部屋から消えた。

◇　◇　◇

数日が経ち、会議の当日となった。

集まってもらったメンバーは、チルド村で活躍している主要な人達とオリス村長だ。俺は咳払いをして本題に入る。

「皆に集まってもらったのは、長い間待たせていたチルド村の改名について、会議を行うためだ」

こうしてチルド村改名会議は始まった。

最初に、俺が考えておいた、新しい村の名を書いた紙をメンバーに配る。

紙には、三つの候補が並んでいた。

一つ目は、森の都市という所から〝葉〟という意味の言葉であるリーフをもじって〝リエフ〟だ。

チルド村は都市へ発展している途中だが、森は村のあちこちに今もたくさん残されている。それは、オリス村長から「チルド村のいいところだから」と頼まれて残してきたものだ。俺も村の緑を見ると、残しておいて正解だったな～といつも思う。そんな村の象徴を名前にしてみた。

二つ目は、奇跡の成長を遂げた都市という意味を込めて、〝ミラク〟。〝奇跡〟という意味の言葉ミラクルからもじってつけた名前だ。初めてチルド村に来た際、ここは半ば死んだ村だった。しかし、村人達が俺についてきてくれたおかげで、今ではジルニアでもトップクラスの都市へ進化した。まさに奇跡と言ってもいいだろう。

三つ目は、神々が見守っているという事から〝ディストル〟という名を考えた。〝神〟を表すディユという言葉から思いついたものだ。これは俺がいたからでもあるが、チルド村では主神をはじめとした多くの神々が、村人達に加護を与えてくれている。なので、チルド村が神々に見守られているという意味を込めて名づけてみた。

オリス村長は目をウルウルさせて喜んでいる。

「どれもいい名前ですね。全てアキト様がお考えに？」

「ああ、ずっと待たせてすまなかったな」

俺の言葉に、オリス村長は感極まって涙を流し始めた。

集まってくれた人達は、自分がいいと思った名前を口々に語り始める。

「しかし、本当にいい名前ばかりだな……特に最後のディストルって名前がいいと思う」

「私もその名前が気に入ったわ、いい名前よね」

中でも人気があったのは、三つ目のディストルだった。

「それじゃ、チルド村の新しい名前はディストルでいいか？」

俺の提案に反対した者は誰もいなかった。別の名前を推していた者達も、ディストルが気に入らなかったわけじゃないみたいだ。

こうして、チルド村は正式に新しいディストルという名に生まれ変わる事になった。

父さんにこの事を伝えると、近日中にはディストルは村ではなく、クローウェン領にある街として認められる事が決まった。


「ディストル……いい名前だね。アキト君」

あれから数日——チルド村の改名を伝えると、アルティメシス様はニコニコしながら言った。

「アルティメシス様も気に入ってくれましたか？」

「うん、凄くいいと思うよ」

どうやら、チルド村の新しい名前は主神にも好評のようだ。おまけに今回の改名によって、新たにディストルの事を気に入った神々も出てきた。その中に豊穣《ほうじょう》の神や水の神もいたおかげで、ディストルはこれまで以上に神々の加護に守られ、恵まれた住みやすい土地となったのだった。

大人気小説、待望のコミカライズ！
原作▼霜月雹花
漫画▼サマハラ
初期スキルが便利すぎて異世界生活が楽しすぎる！
1
神からもらった初期スキルは超万能!?
超お人好し少年が異世界で人助け！
神様のイタズラで命を失い、転生することとなった高校生・四宮《しのみや》楽《らく》。銀髪の少年・ラルクとして異世界で生まれ変わり、お詫びにもらった超便利な初期スキルで順風満帆な第二の人生と思いきや——。実家追放から始まった悲惨な異世界ライフ。けれどもラルクは万能初期スキルで、人助けをしながら異世界生活を満喫することに！
好評発売中！
●B6判 ●定価：748円（10%税込） ●ISBN：978-4-434-27790-0
Webにて好評連載中！
アルファポリス 漫画
検索

●各定価：1320円（10%税込）
●illustration：マツモトミツアキ
1～15巻 好評発売中！

CV 深澄 真：花江夏樹
巴：佐倉綾音　澪：鬼頭明里
監督：石平信司　アニメーション制作：C2C

異世界へと召喚された平凡な高校生、深澄真。彼は女神に「顔が不細工」と罵られ、問答無用で最果ての荒野に飛ばされてしまう。人の温もりを求めて彷徨う真だが、仲間になった美女達は、元竜と元蜘蛛!? とことん不運、されどチートな真の異世界珍道中が始まった！

コミックス
1～8巻
好評発売中！

漫画：木野コトラ
●各定価：748円（10%税込）●B6判

この作品に対する皆様のご意見・ご感想をお待ちしております。

おハガキ・お手紙は以下の宛先にお送りください。

【宛先】

〒150-6008 東京都渋谷区恵比寿4-20-3 恵比寿ガーデンプレイスタワー8F
（株）アルファポリス　書籍感想係

メールフォームでのご意見・ご感想は右のＱＲコードから、
あるいは以下のワードで検索をかけてください。

アルファポリス　書籍の感想　検索

ご感想はこちらから

本書はWebサイト「アルファポリス」（https://www.alphapolis.co.jp/）に投稿されたものを、改題、改稿、加筆のうえ、書籍化したものです。

愛《あい》され王子《おうじ》の異世界《いせかい》ほのぼの生活《せいかつ》3

顔良《かおよ》し、才能《さいのう》あり、王族生《おうぞくう》まれ。ガチャで全部《ぜんぶ》そろって異世界《いせかい》へ

霜月雹花（しもつきひょうか）

2021年 4月30日初版発行

編集－田中森意・芦田尚
編集長－太田鉄平
発行者－梶本雄介
発行所－株式会社アルファポリス
〒150-6008 東京都渋谷区恵比寿4-20-3 恵比寿ガーデンプレイスタワー8F
TEL 03-6277-1601（営業）　03-6277-1602（編集）
URL https://www.alphapolis.co.jp/
発売元－株式会社星雲社（共同出版社・流通責任出版社）
〒112-0005東京都文京区水道1-3-30
TEL 03-3868-3275
装丁・本文イラスト－れんた
装丁デザイン－AFTERGLOW
印刷－図書印刷株式会社

価格はカバーに表示されてあります。

落丁乱丁の場合はアルファポリスまでご連絡ください。

送料は小社負担でお取り替えします。


ISBN978-4-434-28786-2　C0093